JN079390

雪と心臓

生馬直樹

集英社

雪と心臓　目次

雪と心臓

プロローグ

火の粉は雪とともに降ってきた。

数分前の光景だ。あのとき、彼はほんの一瞬立ちどまり、その鮮やかな色合いに見惚れた。まだ肩や背中にその火の熱が残っているような気がして、彼はつい興奮気味にアクセルを強く踏んだ。

クリスマスの夜、四車線のバイパスを白キロ以上のスピードで暴走する車を、二台のパトカーが猛追していた――。


二時間ほど前、その男は市内の街路をあてもなく、ぼんやりと歩いていた。年に一度の聖夜のお祭りに、町はにぎやかで華やいだ雰囲気に包まれていた。CDショップの店頭からは今年のヒット曲がひっきりなしに流れてくる。ほとんどが若いアイドルのもので、男が口ずさめる歌はひとつもない。駅前の街頭テレビには一年を振り返るように、今年を彩った出来事が映し出されている。東京スカイツリーの開業、イチローの電撃移籍、ロンドン五輪、iPS細胞作製によりノーベル賞受賞――。比較的明るい話題ばかりで、その裏で起きた数々の事故や事件や災害などは、今夜は脇に置いて、というように作為的にはぶかれていた。長年田舎暮らしの男にとっては、時々それらのニュースがファンタジーのように思えたりもする。

　薄暗い空から、はらはらと雪が落ちてきた。男は歩きながら、頭の上に乗ったかすかな雪を手で払った。もちろん初雪ではない。一ヵ月ほど前から少し降ってはすぐにとける、をくりかえしていた雪が、また降ってきたようだ。

　ロマンチックな雪景色に、いきかう若者たちはささやかな喜びの声をあげる。その中に加われない寂しさが、ふいに男の胸を突いた。言いようのない孤独感に襲われる。時が経つのは早く、もう二十代後半……。クリスマスの夜、いい大人が目的もなく歩いている。男はなんだか恥ずかしくなり、そそくさと近くに停めてある車に向かって踵を返した。

　男がふたたび聖夜のドライブを開始したころ、市内の外れのほうにある一軒家の中では、大惨事の幕が切って落とされていた。

　一人の主婦が、石油ファンヒーターの運転ボタンを押した。今夜は例年どおり家族でパーティーをして過ごす予定だった。同居している舅や姑は、町内会が企画した年末旅行に参加しており、今日はいない。先程まで準備を手伝っていた十歳の娘は、少し疲れてしまったのか、いまは二階の部屋で眠っている。夫が帰ってきたら起こそう。カレー風味の唐揚、ママ特製のピザ、苺タルトのケーキ、そしてぬいぐるみロボのプレゼント。今夜、娘の興奮が鎮まることはないだろう。いまのうちにゆっくり休んでおくといい、と彼女は考えた。

　ふいに、ボンッ、という音をあげ、ファンヒーターが大きく発火した。それはバチバチと火花を散らし、あっというまにクリスマスの装飾とカーペットに引火し、リビングの中に異様な火柱をつくりあげた。後になってわかったことだが、原因は、このファンヒーターの灯油にガソリンが混じっていたためだった。これは懇意にしている業者のミスだったが、それを知る由もない主婦は自身の不手際が起こした事態と思い、激しく動揺した。彼女はあわててボールタイプの投てき消火用具を探した。しかし、あると思っていた場所にそれは見つからず、そのうちに火は勢いを増し、黒い煙を吐き出しはじめた。彼女はパニックにおちいった。何か消火に使えるものはないかと手当たり次第に近くの棚や戸を開けた。不燃物を投げつければ消えるかもしれないと短絡的に考えることしかできず、手に取った食器や鍋などを即座に投げ込んだ。しかし火は一向に消える気配を見せず、むしろその範囲をどんどん広げていく。彼女は強烈な焦燥感に支配された。

　小麦粉が消火に使える、という浅い知識が頭を過(よぎ)った主婦は、それを雑につかみとると急いで放った。しかし袋キャップが中空で外れ、粉は霧のように室内に舞い散ってしまった。次の瞬間、起こったのは小さな粉塵爆発だった。主婦の視界は刹那(せつな)、バンと白く弾けた。思わぬ威力。爆風によってリビングの大窓が割れ、彼女はその穴からあわてて外へ飛び出して転がった。簡素な庭でしばし放心していた主婦だが、すぐに正気を取り戻し、よろよろと起きあがると力のかぎり叫んだ。

「恵(めぐみ)！」彼女は頭を抱えた。「ああ、どうしよ。恵……恵！」

　リビングの奥はオレンジ色に燃え、大量の煙を生み出しては外へ向かって放っている。二階で眠ったままの娘を助けるため、ふたたび中へ飛び込もうとしている主婦を、その煙は巨大な張り手で拒みつづけていた。彼女の体は切り傷、打撲、かすかな火傷などでぼろぼろだったが、痛みはほとんど感じていなかった。頭にあるのは十歳の娘のことだけ。

「誰か……誰か助けてください！」

と、主婦は叫びながら、家の前の通路に出た。異常を察した近所の住民がすぐに駆けつけ、即座に救急車と消防車を呼んだ。しかし、それらが到着するまで一体何分かかるのだろう。彼女は呆然と立ち尽くし、不慮の火災に見舞われたわが家を眺めた。

ふいに二階の窓が開いた。娘が顔を出したのだ。

「お母さん！」娘は泣きながら叫んだ。「お母さん！」

「ああ恵……」主婦は口許を手で覆った。「すぐに助けるからね、大丈夫だからね！」

娘は、いま自分の置かれている状況を一から十まですべて理解しているようだった。熱い、息苦しい、助けて、死にたくない。実際に聞こえはしないが、そんな言葉が娘の歪んだ口から発せられているように思え、主婦はもう立っていられなかった。

そのとき、一台の軽自動車がこの家の前に停まった。車から降りてきたのは、二十代後半の男性だった。彼は先程まで、華やいだ町をあてもなく歩いていた男だ。あれから数十分後――偶然、この場面に遭遇したのだ。しかし男はこの展開に、なかば運命的なものを感じていた。意気揚々と主婦や野次馬の住民に近寄ると、彼は一瞬目を合わせた程度で、すぐさま燃える家の中へと飛び込んでいった。

「あ、あの！」

戸惑う主婦の声が男の背中を追いかけたが、彼の姿はもう黒い煙の中に隠れていた。

それから五分足らずで、男は家から出てきた。胸に十歳の少女をしっかりと抱きかかえている。手や頬は黒く汚れ、かすかな火の粉で肩を焦がしているが、男は植物のように無感情な様子で、

プロローグ

少女だけを見つめていた。少女は意識はあるが、恐怖からか身が固まり、喉を震わせるばかりで声が出ないようだった。

悲鳴とも歓喜ともつかない声が周囲からこぼれる。

わが子を受け取ろうと、主婦がよろめきながらも駆け寄ってくる。囲む野次馬たちの中にも安堵の空気が流れる。

しかし男が次にとった行動に、周囲は唖然とした。

彼は少女を母親に手渡さず、ふらりとかわすと、そのまま少女を抱きかかえつつ、停車してある自分の車のほうへと走り出した。あまりにも奇妙な光景。当惑や混乱に至るまでの、しばしの硬直。母親を含め、まわりの人々は男の行動をなかば呆然と見送ることしかできなかった。

男は車のドアを開けると、少女を助手席のほうへ押し込んだ。そして自身も素早く運転席に座るとドアを閉め、エンジンをかけると勢いよく走り出した。

目の前で娘を連れ去られた母親は、靴下のまま、即座に男の車を走って追いかけた。途中で転び、誰かに抱き起こされるまで、彼女の意識はいつまでも娘を追いかけつづけていた。

クリスマスの夜、火事に見舞われた民家から幼い女の子を救い出した英雄は、次の瞬間一転して、女の子を連れ去った犯罪者へと変わったのだ。

男の車はバイパスに入り、新発田（しばた）方面へと向かって走る。いき先は決まっていた。

少女は助手席に座りながら、頭を押さえてすすり泣いている。煙を吸ってしまったせいか、げほげほと咳もまじらせている。男もいくらか煙を吸い込み、いまの気分は最悪だった。こめかみの奥がずきずきと痛む。視界も霞む。それに呼応してか、強烈な後悔と罪悪感に襲われた。これは少女を連れ去ったことに対するものではなくて、もっと昔の……。

しかし浮かびあがってくる記憶はすべて断片的で、曖昧で、なぜか言葉にできないものばかりだった。

パトカーのサイレンの音が四方から響き渡ってくる。これは間違いなく、男を追いかけている音だ。どんどん大きくなる。まもなくして、派手に光るパトカーの赤色灯がバックミラーに映った。男はごくりと喉を鳴らしてから、アクセルをおもいきり踏み込んだ。

前方の車を避けるようにジグザグに走り抜ける。少女の顔は青ざめていて、目も開けられないほど、現状に恐怖している。男は心底申し訳なく思うが、止まることはできない。後方を走る二台のパトカーはすでに男の車を視界にとらえていて、拡声器で何やら怒鳴っている。

男の車は猛スピードでバイパスをおりた。最初の信号無視。そして二度目の信号無視の瞬間、左からきた大型トラックにぶつかりそうになり、あわててハンドルを切った。耳をつんざくようなクラクションの音。タイヤを焦がす地面。男の車はおかしな方向に傾き、スピンしながら照明灯に体当たりした。そのままがつんと歩道の縁石に乗り上げる。異常な光景。勢いあまった車はぐるんと側転するように、歩道脇のゆるい傾斜の下へと転がっていった。

歩道脇は工業地帯だ。運送会社の事務所と倉庫に挟まれた小道で、男の車はひっくり返っていた。伸びた蛙のようだ。砕けたガラスがまばらに散らばった。

即座にパトカーが数台、その周辺を取り囲み、何人かの警察官が外へと足を踏み出す。ひっくり返った車の下から、少量だが血が流れてくる。警察官の一人はそれを見て、思わず顔をしかめた。これは犯人の血か、それとも連れ去られた少女の血か……。

そのとき、割れた窓ガラスの中から、男がぬっと顔を出した。まさに虫の息。なんとか這い出てきた男の背中には、大きなガラスの破片がグサリと突き刺さっていた。男はみずからが流した血だまりの中に浸かった。

こりゃ、だめかもな――。

見下ろす警察官の一人は、そう思った。そして、思わず問いかけた。

「おい待て。まだ死ぬな。なぜこんなことをした？」

「やめろ。まずは救助が先だ」

ほかの警察官がすぐに戒める。

そうだ、最優先すべきは少女の命。しかしこの有様だと……。

警察官たちの胸の中で、絶望が小さな音を立てる。

「……こ」そのとき、血だまりに沈む男がかすかに口を開いた。「今度は助けたかったんだ」

1　掟破りの季節

　大小の古家がまばらに建ち並ぶ閑静な町。その中心に流れる細長い川に沿って自転車を走らせると、およそ二時間で日本海にたどりつく。歓楽街ははるか遠くにあり、老衰死間近の薄汚れた街灯が小さな明かりを瞬かせているだけの、さびれた道ばかりだ。それでも、夜は驚くほど明るい。連なる星々が白銀の海となって、大きな光を落とすからだ。

　あの日、ぼくは子供部屋の片隅で背中を丸めていた。先ほど電話をかけてきた友達の声が、まだしっかりと耳に残っていた。

　——ばあちゃんを殺した。

　ぼくはあわてて何度も聞き返した。「殺したって？」「一体何があったの」

　しかし友達からの返事はなく、電話はすぐに切られた。

　ぼくはただちに何かしらの行動を起こすべきだったのだろうが、動揺と混乱で体が石のように固まってしまった。どうすれば……。悩んでいると、突然背中に激痛が走った。不意打ちの膝蹴りをくらったのだ。同時に甲高い声が耳元で響いた。

「なにその格好、ダンゴ虫みたい。いかなくていいの？」

「うるせえ。さわるな」ぼくは吠えるように言いかえした。「あっちいけよ」

「テンカウントな。そのあいだに立て。ほら、エイドリアーン」

先週の日曜洋画劇場の影響だろう、彼女はロッキーの口真似をしながら勝手に十秒、数えはじめた。スリー、フォー、ファイブ……。

「やめろって。おまえには関係ないじゃん」

「……ナイン、テン。あーあ負けた。なにこの結末、だっせえ。淀川さんもがっかりしてるよ」

「なんだよ、もう!」

思わず立ちあがる。背後にまとわりつくからかいの声を打ち消すように、ぼくは大きく腕を振り回した。その些細な反撃を相手は風のようにかわし、にやりと笑った。膝蹴り、ダンゴ虫、テンカウント……。強い怒りがわき、かっと頭が熱くなった。が、ぼくはその怒りを走る活力に変えて、はじけるように家を飛び出した。彼女と一緒に。

一九九七年、十月中旬の、明るい夜の出来事だった。

*

教室のうしろの壁に貼り連ねられた習字の紙を見て、ぼくはため息をついた。国語の授業で児童がそれぞれ好きな言葉を筆書きし、先生がその上から赤ペンで○や◎、△などをつけた。夢、翼、希望。ぼくが書いた文字は「平等」だ。△がついている。またか……。

小学五年生のぼくは小さな憂鬱の沼にはまっていた。テストの点数、かけっこの順位、絵画や工作のうまいへた、単純に人として面白いつまらない、など。さまざまなことに優劣がつけられる毎日のなか、ぼくはたいてい下位をさまよっていたからだ。

低学年のときはまだよかった。評価や順位などたいして気にせず、単純に物事を楽しむことができた。しかし、高学年になると周囲の意識もずいぶん変わってきて、ゆえに自分自身、どんなに拒絶してもその影響を受けずにはいられなかったのである。

「やったぜ！」ある男子は算数の答案用紙をぼくの目の前に突き出して、言った。「おれ、九十五点。おまえは、勇帆？」

「六十二」

「おれの勝ちだな」

ある男子は百メートル走で十四秒台の記録を出し、

「いまこのクラスで一番速いの、おれなんだね。前までは清彦だったのに。いつのまにか抜いちゃってたのか。なんか、ごめん」

ある女子は絵画コンクールの子供部門で優秀賞に選ばれ、

「勇帆って絵を描くのヘタクソ～。いまだに正面の顔しか描けないの？　人物でも風景でももっといろんな角度から描く練習しなよ。そんなんじゃ、いつまでたってもあたしには勝てないよ」

なかにはアニメや漫画のキャラクターまで強引に引っ張り出してきて、「おれの好きな誰々は、おまえの好きな誰々より強いんだぜ」などと言い、勝ち誇った笑みを浮かべるやつもいたくらいだ。

何事にかんしても勝敗にこだわる同級生が増えたことで、いつしかクラス内でもその勝負ごとを楽しめるいわゆる有能組と、楽しめない残念組とがはっきりと分けられるようになってしまった。そして、ぼくは残念組の常連だった。

何かひとつでも秀でたものがあればいいのに、とよく考えていたけれど、正直たったひとつの特技で解消できるほどこの敗北感は生温くなかった。なぜなら、ぼくの身近にはいつだって強烈な敗北感を植えつけてくる存在がいたからだ。

双子のきょうだいの帆名である。姉だ。

ぼくらがまだ母のおなかの中にいて、男女の双子だとわかったとき、船好きの父がどちらの子供の名前にも「帆」という文字を使いたいと言い、勇帆と帆名、と命名された。名前に対する不満はとくにないが、双子という点にはかなりの不満があった。二卵性なので瓜二つというほどそっくりではないが、それでもきょうだいなので、やはりぼくらは似ていた。先に母のおなかから出てこの世界の空気を吸ったのは帆名のほうだというので、あいつを姉とするのに文句はない。が、出産の際に姉が弟の能力の半分以上を奪いとって出てきたのではないかと、家族を含めた周囲が密かにささやいていることにかんしては、ぼくは大いに不快感を抱いていた。そして、そのことを自分自身、否定しきれずにいることが何より悔しかった。

帆名の性格を簡単に言うと、なみの男子以上に勝気で好戦的、そして常識外れなところが多々あった。たいして長くもない髪の毛を無理やりまとめて後頭部のあたりで結び、本人はポニーテールのつもりらしいが、ただの雑なちょんまげにしか見えなかった。かたちのいいひたいをキラリと光らせ、黒目がちの大きな瞳がいつも何かをにらんでいるかのようにつりあがっていた。

口ごたえは日常茶飯事で、それは目上の人間が相手でも遠慮がなかった。当時流行していた漫画やドラマなどの影響を受け、「あ?」「調子こくな」「くそったれ」「ぶっつぶす」といった言葉を頻繁に使いたがった。とにかく人を不快にさせるのが得意で、いさかいが絶えなかった。

　母の場合、

「帆名、外から帰ってきたらちゃんと手を洗いなさい」

「あ?」

「あ、じゃないでしょ。手を洗わないなら夕飯抜きよ」

「べつにいい。料理ヘタなくせに調子こくな」

　音楽の先生の場合、

「帆名ちゃんは、とてもいい声をしているね。本格的に歌を習ってみる気はない?」

「ない。しつこいよ、くそったれ」

　ぼくの場合、

「おい帆名、おれのボンボン勝手に持っていくなよ。まだ読んでないんだぞ」

「ふん」

「ふんじゃないよ。返せよバカ。おれのボンボンだろ。いてっ。本、投げんなよ!」

「ぶっつぶす」

　記憶に残るくらいひどかったのは、ある日の集団登校のときだ。何人かの一年生から六年生の集団が列になって学校へ向かう、その途中、一年生の男の子が側溝にはまってズボンを泥で大きく汚してしまった。彼はわんわん泣いた。班のリーダーである六年生の男子が面倒臭そうにため息をついて、「泣くなガキ。朝からうるさい。三秒以内に泣きやまないと置いてく」と言った。

一年生の彼は当然、お母さーん、とさらに激しく泣いた。そして本当に彼を置いていこうと歩き出した六年生を、四年生の帆名が呼びとめた。

「あたしも抜ける。この子を家まで連れて帰って、汚れたズボンを着替えさせてから学校にいく」

「ズボンなんか、学校にいってから体操着に着替えさせればいいだろ。一年生だからって甘やかすなよ」

「ズボンの泥が、シミになったらどうすんの？」

「新しいやつを買ってもらえばいいじゃん。お母さーん、にさ」

六年生はへらへらと言い、泣いている一年生をからかった。瞬間、帆名の目つきが変わった。

「調子こくなよ。くそったれ」

「おまえ、いまなんていった？　オレは上級生だし、この班のリーダーだぞ」

「一年生の面倒もちゃんと見れない人がリーダーなの？　ヘンなの」

「おい！　班の列を乱すなよ。おまえ、先生にいうからな」

「前からいおうと思ってたけど、あんた、いつも乾いたご飯粒が口のまわりにくっついてるよ。ママに拭いてもらえばいいのに。それとも、いつも学校で先生に拭いてもらってんの、それ？」

　六年生はランドセルを地面に叩きつけると、顔を真っ赤にして帆名に向かって突撃していった。正々堂々と正面から殴り合おうとしていた六年生に対し、帆名は卑怯技の連発だった。石を投げ、髪を引っ張り、爪を立て、しまいには耳に嚙みついた。痛い思いをすればたいていの子供は泣く。その六年生も例外ではなかった。一方、帆名のほうも多少のパンチをくらって涙ぐんではいたが、勝者と認められるくらいには悠然としていた。

乱暴者、狼女、頭がおかしい。こんな悪評がぽつぽつ出つつも、それが幅広く浸透しなかった理由は、やはり帆名の優秀さにある。

たいていのことは器用にこなしていた。どの教科でも高い評価を得ていたし、運動も女子の中ではほとんど一番で、男子を含めても上位にくいこんでいた。ただの器用貧乏、と言いたいところだが、実際その枠に収まらない結果をどの分野でも残していた。

さらに、帆名の有能さは学校の勉強だけでなく「遊び」の域にも及んでいた。ぼくは、授業の工作で帆名に負けるのはまだ我慢できても、趣味でやるガンダムのプラモデルづくりだけは絶対に負けたくなかった。だけど負けた。帆名は初挑戦ながら短時間で丁寧にガンダムを組み立て、すごく綺麗に塗装し、ぼくの友達からも大好評を得ていた。じゃあこれならどうだ、と言わんばかりに挑んだミニ四駆の競走にも勝てなかったときは、立ち直れないほどのショックを受けた。タイヤ改造、肉抜きボディ、いんちきモーター……。いろいろと試したが全敗だった。

全部こいつに奪われていく。事実、ぼくのいくつかの能力は帆名のそれの半分以下だったにちがいない。これがまだ年の離れた（上の）きょうだいなら我慢できただろう。ぼくのお姉ちゃんはちょっと頭がおかしいけど、なんでもできて、すごく優秀な人なんだよ、と。自慢にさえなったかもしれない。それだけに、双子というのがよけいに悔やまれた。なぜあんなやつと一緒に生まれてきたのか……。

帆名がぼくを見下していることは明白だった。ことあるごとに、「あほ虫」「弱虫」「マヌケ虫」「ただの虫」などと言いつづけ、いつまでも虫扱いをやめない。一度、本気でやめてほしいと抗

議したこともあったが、帆名はふんと鼻で笑い、肩にとまる蠅でも払いのけるように、

「黙れって。なんもできないくせに。おまえと双子とかホント恥ずかしいわ」

怒りと悔しさで視界が歪み、内心で発狂した。眠っているときを狙ってボコボコに殴りつけてやろうかと思ったが、最終的には負けることが目に見えていたので、やめた。一度目は不意打ちで勝つことができても、帆名は必ず仕返しをしてくるだろうし、その怖ろしさを考えると、やはり身がすくんだ。

こんな具合に、ぼくの存在感は薄まるばかりで、根性は早くも腐りかけていた。あいつさえいなければ……。そう思うことも多く、同時に帆名に勝てるものを無意識のうちに探す癖がついていた。

そうして、ようやく見つけたのが「ストリートファイター」だった。

これを見つけたとき、ぼくは自然と上唇をぺろりと舐めたのだった。


ストリートファイターというのは少しでもゲームをやる者にとっては言わずと知れた名作、大人気の対戦型格闘ゲームである。ぼくやまわりの友達が夢中でやるようになったのは、やはりこのシリーズの2からで、通称「ストⅡ（ツー）」だ。これが一九九一年に全国で爆発的なヒットを記録した。

子供のいるほとんどの家庭にはスーパーファミコンとストⅡのソフトが置いてあったし、ぼくも帆名と二人で休日は母に注意されるまでやりつづけた。やがて帆名は飽き、ストⅡどころかゲーム自体をあまりやらなくなったが、ぼくはつづけた。結果、クラスでも一、二を争うほど上達

し、「ストⅡといえば勇帆」と称賛されるようになった。とはいえ、やはり男子に比べると女子のゲーム熱は低く、何が得意だろうとそれは所詮ゲームの話であって、「すごい」とか「かっこいい」などと思われることはなかった。

　ところが、そんなぼくにも注目されるチャンスがおとずれる。この年の夏から冬にかけて、地元に空前のストリートファイターブームがやってきたのだ。

　七月の初旬、この何もない砂漠のような地区に、アーケードゲームが二台やってきた。置かれた場所は、〈せんべえ〉という小さな駄菓子屋だ。よぼよぼの婆ちゃんが道楽でやっている店で、少し前にコンビニがひとつ近くにできてから、ここでお菓子を買う子供はほとんどいなくなった。その婆ちゃんの寂しさが、アーケードゲームを招き入れた理由であるのかは定かでない。なんにせよ地元にアーケードゲームが置かれたわけだ。栄えた町のゲームセンターにいかなくても、自宅から少し歩けば、それこそ放課後にだってそいつで遊べる。遅まきながら入ってきたのは、ストリートファイターシリーズの名作、通称「ストゼロ」だ。ぼくが一番プレイしたいと望んでいたもので、大喜びした。

「なあ勇帆、知ってる？　〈せんべえ〉にストゼロが入ったんだぜ」

　最初にぼくにその情報を伝えてくれたのは、クラスメートで友達の、田浦昌晴（たうらまさはる）だった。

「どういうこと？」

「ゲーセンにある、あの台だよ。あれがそのまんま〈せんべえ〉に置かれたんだ。あの婆ちゃん、いつも何もしゃべらないしほとんど死んでると思っていたけどさ、粋なことしてくれるよなあ」

「うそ！　本当に？　ストゼロのゲーム台を入れたの？」

ぼくの驚き様に、教室にいる児童がいぶかしげな視線を向けてきたが、その興奮は収まらなかった。

「そうだよ。さっそく今日の帰りに、いってみるか」

昌晴は近所に住む幼馴染で、小さいころからよく一緒に遊んだ。明るくて元気な性格だが、ときおりつまらない出来事でふてくされたり、いばったり、乱暴したりする、気性の荒い一面もあった。根が甘えん坊なのだ。ふくよかな母親は一人息子である昌晴を溺愛していて、「マーちゃん」とか「マーくん」とか甲高い声をあげ、人前でも恥ずかしげもなく可愛がる。昌晴は、おれはマザコンじゃねえぞ、という態度だが、ときたま穏和でやさしい女の先生を、「お母ちゃん」と言い間違えたりしているところを見ると、その否定に説得力はない。

母親は昌晴を大いに甘やかしているが、その反面、祖母は鬼のように厳しかった。昌晴の祖母は八十歳を過ぎているがかなり体格がよく、いまだ健康で、毎日のように自転車に乗ってこの地区内を巡回していた。太い眉毛とアフロのような白髪頭が印象的で、つねに強烈な威圧感を放っていた。そのへんの子供たちが少しでも悪さをするような気配を見せると、鋭く察知してぎゃあぎゃあ怒鳴りちらす。何より昌晴のことにかんしてはこの鬼祖母、本当に鼻がきく。小さないたずら、ちょっとしたルール違反、友達同士の喧嘩、こんなのは子供たちにとって日常茶飯事だったが、昌晴が関わっていると、その不穏なにおいを嗅ぎとった鬼祖母がどこからともなく自転車でやってくる。「こらあマサ！」としゃがれた声で怒鳴りつけ、叩き、あっというまに泣かして連れ帰る。昌晴の教育方針をめぐり、やはり母親と鬼祖母のあいだでは争いが絶えなかったらしく、その点においては昌晴に対する同情は尽きなかった。

学校帰り、ぼくと昌晴はさっそく〈せんべえ〉に立ち寄った。住宅街の一角にあるぼろい店屋で、並ぶ駄菓子の数も少ないので、華やかさはまったくない。が、この日はちがった。店の奥からは独特の活気が漂い、少年たちの歓声も聞こえる。すでに小学校の上級生や中学生などが数人いて、ストゼロのゲーム台を取り囲んでいた。ぼくと昌晴はお金を持って学校に通う児童ではなかったので、百円など持っておらず、この日は見物だけして帰った。

「明日、母ちゃんに百円玉をもらってから学校にいく」と、昌晴は言った。

「おれもそうする」

「帰りにまた〈せんべえ〉に寄ろうぜ」

「うん」

それから、ぼくと昌晴は頻繁に〈せんべえ〉に通い、心ゆくまでストゼロを楽しんだ。活気を取り戻した〈せんべえ〉の婆ちゃんも心なしか血色がよくなり、集まる子供たちを微笑ましそうに見やっていた。

夏休みに入ると、気づけば〈せんべえ〉は少年たちのたまり場になっていた。店の外にも行列ができ、ほとんどがストゼロの順番待ちだった。そして女の子というのはにぎやかで華やかな場所に吸い寄せられる傾向があり、見物客として、クラスメートの女子も何人か集まっていた。その中で、ぼくはそこそこの注目を浴びていた。あいつはかなり強い、と。あの勇帆とかいうやつ、ケンの使い方が上手だ、と。

年上の連中をのぞけば、はじめてゲームクリアを達成したのも、ぼくだった。本当に気分がよかった。昌晴やほかの友達からも称（たた）えられ、夏休み明けに学校にいくと、「勇帆ってゲーム上手なんだね」と何人かの女子が褒めてくれた。ストリートファイターにかんしては、ぼくはまぎれもなく有能組だった。

まだ残暑の厳しい九月の夜——リビングで棒つきキャンディーを舐めながらだらだらと寝そべっている帆名を、ぼくはせせら笑いながら見下ろした。

「なに笑ってんだよ」と、帆名はぼくを見て言った。「不気味なやつ」

「おれの噂、聞いてない？」

「聞いてなーい」

「ストゼロだよ」

帆名は寝返りを打ちながら言う。「知らない。興味もない」

「嘘つけ。本当は知っているくせに。自分の不得意なことは興味ないふりするんだな。なさけないやつだぜ」

「勇帆おまえさあ」帆名は呆れたような口調で言った。「ゲームに金を使いすぎ。お父さん本気で怒ってるし、この前、ちゃんと説教するってお母さんと話し合ってたぞ」

ぼくは一瞬で血の気が引いた。

「嘘だろ」

「ほんとだよ。あれだけ毎日ばかみたいに百円玉をねだっていれば、当然そうなるだろ。そんなことも考えなかったのかよ。あいかわらず、頭の悪いやつ」

帆名は言い、けらけら笑った。そして棒つきキャンディーを歯でバリッと嚙み砕いた。

同時にぼくの自尊心も砕けた。

ゲームのことで父に説教され、母からはしばらくお小遣いは抜きだと言われ、ぼくは心底落ち込んだ。翼をもがれた鳥のような気分だった。さらに近頃は日によって大きく異なる昌晴の態度にもうんざりさせられていて、ぼくは悩み多き小学五年の晩夏を心ゆくまで味わっていたのだ。

昌晴はときどき、目を真っ赤に腫らして登校してくることがあった。誰もが、またあの鬼祖母に怒られたにちがいない、と察した。そして、そんな日の昌晴は決まって機嫌が悪く、ほかの児童にあたりちらしていた。母親から王子様のように育てられたせいか、みんなから可愛がってもらいたい、気にしてもらいたい、という欲求が非常に強く、しかし王子様のプライドが邪魔をしてか、それらを素直に言葉や態度で示すことができない。

結果、鬼祖母に怒られて不機嫌な日は、いかにも「おまえら、おれを慰めろよ！」と言いたげな態度になるも、昌晴本人はその気持ちを素直に表現できないので、まわりからすれば非常に面倒臭い存在になるわけだ。

面倒臭いから距離をとる。すると案の定、昌晴の不機嫌は爆発する。

「おれのプリント、踏んづけただろ。謝れよ！」

あるとき、算数の自習中、床に落ちた自分のプリントを踏んづけられた、などと因縁をつけて、一人の女子児童を昌晴が大きな声で咎（とが）めた。

「……ごめん。気づかなくて」

女子児童は泣き出しそうな顔で謝る。しかし昌晴は眉間にしわを寄せ、

「謝ってすむ問題かよ。ほら見ろよ、プリント。おまえの汚い足跡がくっきりとついちゃったじ

ゃねえか」

「おい昌晴。うるさい」突然、帆名が遠くの席から声をあげた。「床にプリントを落とした自分の不注意を悔やめよ」

「関係ないやつは黙ってろ」昌晴は顔を赤くして、帆名に言いかえした。

「おまえの声がうるさくて課題に集中できないんだよ。トイレにでもいって、便器の穴に怒鳴れば？」

トイレの中で一人寂しく怒鳴る昌晴の姿が妙にリアルに想像できたせいか、みんな、どっと笑い声をあげた。昌晴は怒りと恥ずかしさに顔を歪め、ぐりぐりと下唇を噛んだ。

「勇帆！」彼はなぜかぼくの名前を呼んだ。「責任もってあいつを黙らせろ。おまえのきょうだいだろ」

「なんでおれが……」

無理やり巻き込まないでくれ、と思ったが、そこに昌晴の悪意があったことは、言うまでもない。

「帆名にびびってんのかよ」

「そうじゃなくて。おれは関係ないじゃん」

「あいつだって関係ねえよ。なのにいきなり割りこんできたんだ。だから、その処理をきょうだいのおまえに頼んでるんだろ」

「どうすんの、勇帆」と、帆名も愉快そうに便乗してきた。「あたしに何か文句あるの？」

「おれはべつに……」みんなの視線を浴び、ぼくはうつむいて口ごもった。

「だっせえの！」昌晴はここぞとばかりに声をはりあげた。「男のくせに、女きょうだいが怖いんだってさ。恥ずかし～」

先ほどより大きな笑い声があがった。

くそ。ちくしょう。ぼくは昌晴をにらみつけたが、もはや彼はどこ吹く風で、踏んづけられたプリントのことも忘れていた。それ以上に不愉快だったのは、一番大きな声をあげて笑っていたのが、帆名だったことだ。ぼくの根性は早くも腐りかけていたが、こいつの性根に比べればまだましだな、と思った。

王子様気質の昌晴は、こんなふうに自身の不機嫌を刃にして周囲を躊躇なく傷つけていたが、たいてい次の日になるとけろりと忘れる。そして機嫌がいいときの彼はとても明るく、楽しく、誰よりも友達の輪を大事にする、いい友人だった。その高低差にうんざりしつつも、結局、なるべく友達の輪を乱したくないぼくらクラスメートが、彼を仲間外れにすることはなかった。

そんなある日、学校で、昌晴が上機嫌に話しかけてきた。内容は、ストゼロの「裏技」についてだった。

「隠しキャラで、豪鬼（ごうき）が使えるんだ」

と、昌晴は言った。何やらゲーム雑誌で見た情報だという。

隠しキャラ、というのは通常では使うことのできないキャラクターのことで、それが裏技で使用可能になるらしい。豪鬼とはストリートファイターシリーズに敵として登場するキャラクターである。強敵で格好よく、そして闇に染まった悪い感じがする。少年が好む要素をしっかりとおさえている。その豪鬼が使えるとなれば興奮しないわけがない。ぼくと昌晴はいつになく瞳を輝かせ、さっそく学校帰りに〈せんべえ〉に立ち寄った。さいわい、その日の客は少なく、すぐに順番がきた。

昌晴は百円玉を入れ、ゲームをはじめた。そしてゲーム雑誌で読んだとおりのやり方を試し、見事に豪鬼の使用を可能にした。

「いっただろ」昌晴は得意気だ。「どうだよ。ほら豪鬼だぜ！」

「すごい……」ぼくは唖然としてつぶやいた。「半信半疑だったけど」

「かっこいいなあ、豪鬼。こいつを使えばクリアも楽勝かもよ」

「本当に強いのかな？」

「あの豪鬼だぜ。最強に決まってんじゃん」

実際——これはほとんどの格闘ゲームに言えることだが、どんなに強いと言われるキャラクターを使おうとプレイヤー自身がへたくそなら、すぐにゲームオーバーになる。そういう意味で昌晴の使う豪鬼はあまりにも弱く、いつもと変わらなかった。

「なんだよ、くそ！」

昌晴はゲーム機の画面に、どかんと強いパンチをあてた。

「豪鬼を使ってんだから負けるわけねえじゃん。このゲーム、壊れてるんじゃねえの。おい婆ちゃん、このゲーム壊れてるよ、ちゃんと修理しとけよ！」

昌晴の八つ当たりは奥で置物のように座る〈せんべえ〉の主にまで及んだ。婆ちゃんは当然のように無視をしたが、それが昌晴の怒りをより増幅させた。

「この不良機械が。金、返せよっ」

昌晴はゲーム機をぐらぐらと揺らしはじめた。画面にいくつか細長いノイズが走る。その線が妙な生き物に見え、揺れる箱の中から逃げ出そうと右往左往しているようだった。ふいに目がチカチカし、ぼくは汗が吹き出るほどの焦りに襲われた。

さすがにまずいと思い彼を止めようとしたが、怒りの矛先が自分に向くことを怖れ、なかなか行動できずにいた。ゲームの順番待ちをしていたほかの子供たちも自然と昌晴から離れた。昌晴はさらにゲーム機を強く揺らした。壊せば大問題だ。もちろん昌晴の乱暴行為だが、一緒にいたということでぼくまで責任を問われかねない。学校で先生に叱られ、家で両親に叱られ、〈せんべえ〉の出入禁止はもちろんのこと、ゲームそのものを長期間、禁じられる可能性だってある。そんなのは絶対に嫌だ！　そう思ったとき、

「こらあマサ！」

昌晴の鬼祖母が登場した。

偶然？　いや、ほとんど老練の業と言っても過言ではないタイミングで〈せんべえ〉の前を自転車で通りかかった鬼祖母が、孫の乱暴に気づき、怒号をあげたのだ。鬼祖母は自転車から降りると重量感の漂う胸と腹を突き出し、貫禄のある歩き方で昌晴に近づいた。まずは平手と拳骨を連続で頭に叩き込み、それから鼻をねじりあげ、「ヴァー！」とか「ごらー！」など威嚇めいた叫び声をあげると、怯える間すら与えず昌晴をあっというまに泣かした。

「この機械を壊して弁償すんの、あんたじゃないんだよ。そのへん考えな。こんな馬鹿を許すのはあんたの母ちゃんくらいなもんで、ほかは誰も許しちゃくれないよ！」

鬼祖母は怒鳴るように言うと、真っ赤な顔で泣きじゃくる昌晴を無理やり走らせて、自分は自転車に乗り、一緒に帰っていった。ぼくやほかの子供たちはしばらくのあいだ呆然と立ちつくし、去りゆく彼らの背中を黙って見送っていたが、やがて誰かが小さな笑い声をあげ、つられて別の誰かも笑い、やがて爆笑の渦となった。

恥をかかされた昌晴は当然おとなしくなるかと思いきや、そうでもなかった。

「必勝法を見つけた」

と、ある日、昌晴が言ってきた。十月の初旬のころだ。

「やっぱり豪鬼は最強だぜ。あいつの空中波動拳の連発は、敵をまったくよせつけないうえに、確実に体力を削れるから。これでおれも、全クリできる」

昌晴が得意気に話すそれは、いわゆる「ハメ技」みたいなものだ。決まった攻撃パターンをくりかえすことによって相手に反撃の隙を与えない。そういう戦い方を、主にハメ技と言うのだ。百パーセントではないが、たしかに勝率はぐんとあがるだろう。しかしながら、子供たちのあいだでは「フェアじゃない」「卑怯」などと非難されることが多く、あまり好んで使われたりはしない。

ゲームの順番待ちで列をつくっている子供たちがいるなか、誰かがこのハメ技を使いはじめると、みんな眉をひそめた。同じ攻撃パターンをくりかえすだけなので見ている側としても非常に退屈で、小技の連発でチマチマと敵の体力を削るのが常套手段なので、時間もかかる。夕刻、帰宅時間を考えながら列に並んでいる子供たちからすれば、勘弁してくれと嘆きたくなるのも当然であった。

なので、このストゼロで順番待ちの連中がいるときは一応、「ハメ技は禁止」というのが暗黙の了解として成り立っていたのだ。

だが、昌晴はそのルールを破った。

「うわー。また豪鬼の空中波動拳の連発かよ。勘弁してくれ」

「つまんないよな、あれ。敵を倒すのにも時間かかるし」

「誰かあいつにいえよ。正々堂々とプレイしろってさ」

「今日も順番回ってこねえじゃん。くそ。あの昌晴とかいうやつ、死ねばいいのに」

ストゼロの順番を待つ列の中から、こんな話し声がよく聞こえるようになった。

もちろん昌晴本人も気づいていたが、彼はこれらのブーイングを完全に黙殺していた。子供にとって百円は小さな額ではない。それを無駄にしないためにも、できるだけ長くゲームをやりつづける必要があったのだ。昌晴は、自分が格闘ゲームがあまり得意ではないことを認めていただけに、順番待ちの子供に気をつかって早々とゲームオーバーになることこそばかばかしいと考えていたようだ。

とはいえ、それでも、うまくいかないときがある。昌晴はこの非難囂々のハメ技を使いながらも、無様に負けてしまうことがあったのだ。

「なんで負けるんだや！」

ゲームオーバーになるたび、昌晴は怒号を響かせ、ゲーム機の画面をグーで殴った。硬いものに打ちつけた拳の痛みも、怒りで麻痺していたのだろう。昌晴は心底悔しそうに顔を歪め、その場で暴れた。椅子を蹴飛ばし、くすくす笑う周囲の子供たちを罵り、〈せんべえ〉の婆ちゃんに悪態をついた。そして最後には、狙いすましたようにやってくる鬼祖母に叱られ、泣かされ、毎度引きずられるようにして帰っていった。

いつしかこの「昌晴劇場」が大盛況となり、ゲームの順番を待つ子供たちもその劇場を期待したある種の観客と化していた。噂を聞きつけたクラスメートも複数やってきて、誰もがストゼロではなく、昌晴VS鬼祖母を楽しみにしていた。そして昌晴は期待どおりハメ技を使いながらも派手に負け、悔しさのあまり暴れ、しまいには鬼祖母に泣かされて帰るという、大爆笑の劇を披露しつづけたのだった。たとえストゼロの順番は回ってこなくても、これだけで満足して帰っていく子供も何人かいたほどだ。

もちろん、ぼくも大いに楽しんでいた。

昌晴はださい。ばかだ。格好悪い。そして、なさけない。父親に叱られて泣くのならわかるが、祖母に怒られてわんわん泣きじゃくっているのだから、本当にだめなやつだ。そのくせ、ときどきぼくに対して威張った態度をとるのだから、ふん、ざまあみろだ。

夕食後、ぼくは昌晴劇場のことを何気なく帆名に話した。

すると、「おまえ最悪」と、帆名は真顔で言った。「昌晴は幼馴染で、友達じゃんか。笑われてるなら、かばってやれよ」

「知らない」ぼくは一瞬どきっとしたが、強く言いかえした。「笑われる原因をつくったのは昌晴自身なんだし、それに、あいつをかばっておれまであの鬼ババに叱られるのは、ごめんだよ」

「勇帆おまえ、面白がってるだろ。昌晴が恥をかいて、ざまみろって思ってるだろ」

「思ってない」思ってるけど。

「根性腐ってるな、おまえ。きょうだいの縁を切りたいね」

「こっちのセリフだ、ばーか。生まれつき性格の悪いおまえにいわれたくない」

「コソコソ揉め事を楽しむとか、ほんとセコイやつ。だからおまえは虫野郎なんだよ。この虫、虫、虫！」

母の怒鳴り声が響くまで、ぼくと帆名のとっくみあいはつづいた。

帆名の言葉になどまったく傷ついていなかった、というと、やはり嘘になる。昌晴を嘲笑うことで、みずからの傷ついた自尊心を回復しようとする卑しい感情まで見透かされたような気がして、ぼくは陰鬱な気分になっていた。

ぼくは嫌な人間なんだろうか……。いつになく考え込み、しまいに自己嫌悪におちいった。とはいえ、なぜぼくだけが責められなければならないのか。帆名や昌晴の小汚い笑みを思い出し、おまえらだって以前ぼくを笑い物にしたじゃないか、と激しい反感が芽生えた。自分の行為は棚上げすんのかよ、ふざけんな、と。

翌日の学校帰り、いつものように〈せんべえ〉に立ち寄ったぼくと昌晴は、ストゼロの順番を待つ子供たちの列に並んだ。小学校の低学年は帰宅時間が早いため、そういった子供たちが列の前方をしめていた。昌晴は少し不機嫌で、思えば一日中ぶすっと強張った顔をしていた。ぼくが何か話しかけても、「あー」とか「うん」とか「まあ」などと素っ気なくうなずく程度で、たいして会話は盛りあがらず、笑顔もなかった。

昌晴の順番になり、彼はこの日も隠しキャラである豪鬼を選択し、ゲームをはじめた。敵のレベルも最初の三人くらいはたいして高くない。初心者が普通に戦っても倒せるだろう。が、昌晴は一人目からハメ技を使い、周囲の耳目を集めた。

――はじまったね、精度の低いハメ技、さあ負けてキレろ、怖いババアがやってくる、また泣かされるぞ。

ぼくの期待も膨らむ。昌晴はたいてい四、五人目の敵に負ける。たまに三人目の雑魚(ざこ)敵にも負けてしまうことがあり、それは彼が確実に激怒して暴れるポイントでもあった。

「あ、負けた。まだ三人日なのに。ださ」

誰かが昌晴の背後でそうつぶやいた。

ほら暴れるぞ!

その場の誰もがそう思ったが……。

昌晴は椅子から腰を浮かせて立ちあがると、くるりと振り返り、無言でぼくのほうに近づいてきた。なんだよ？　いつもとちがう昌晴の様子にぼくは戸惑った。

「ばかやろう。おまえなんか、友達じゃねえ」

昌晴はそう言うとぼくの胸倉をぐっとつかみ、歪んだ瞳に涙をためた。

「ハ？」

「ハじゃねえよ、くそったれのバカ勇帆。おれがストゼロで負けるたびに面白がりやがって。おれがばあちゃんに叱られるたびに笑いやがって。おれが気づいてないとでも思っていたのかよ」

昌晴はいつになく荒々しい口調だ。ゆえに下手な言い訳は通用しそうになかった。なら少しで

もその怒りを分散させようと思い、

「な、なんで、おれだけに怒るんだよ。みんな笑ってたじゃん」

昌晴は一発、ぼくの頬をグーで殴りつけた。かなり痛かった。

「おまえが一番、笑ってんだよ。ていうか、おまえしか笑ってねえ」

そんなはずはない。しかし周囲の子供たちは、そーだそーだ、おまえが一番だ、と言わんばかりに小さくうなずいて、ぼくと昌晴から素早く距離をとった。

「やめろよ。はなせよ」ぼくも強気に出る。

「うるせえ。許さねえ」

本当は喧嘩などしたくはなかった。ぼくはもともと細身で背も低く、喧嘩をやっても負けることは目に見えていた。ゲームとはちがうのだ。こんな大勢の見物人がいる前で喧嘩に負けて恥をかくなんて……。だが、大勢の前だからこそ戦わずして逃げるわけにはいかなかった。まったく、ハメ技があったら使いたいくらいだ。

昌晴ととっくみあいになる。押されるように店の外に出て、二人とも地面に転がる。マウントをとったのは昌晴で、彼はぼくの顔をぽこぽこ殴りつけた。が、その攻撃はほんの数秒で終わった。鬼祖母が登場したからだ。

「マサあ！　また暴れてるねえ、何度叱ったらおとなしくなるんだ、おまえは！　猿でも仕込めば芸をする時代に、おまえだけがキーキー騒いでんだよ、恥を知りな！」

昌晴はバチンバチンと往復で頬をぶたれ、頭を数回叩かれ、おでこに拳骨をぐりぐりと押しつけられ——わっと泣き出した。ごめんなさい、ばあちゃん、叱らないで……。

「あ、あの……」ぼくは服の砂を払いながら、立ちあがった。

「あんた、唇が切れてるじゃないか。早く家に帰って絆創膏をはりな」

鬼祖母はぼくに言った。その言葉に、なんだか胸がつまった。昌晴は尻を叩かれ、いつものように泣きながら走って帰っていった。

ぼくは切れた唇の血を親指で拭いとって確認し、顔をしかめた。その血の色が、昌晴の目の奥で燃えていた怒りの火と重なった。


その日の夜、ぼくは夕食後に子供部屋に閉じこもり、悶々としていた。〈せんべえ〉で昌晴と喧嘩になったことを思いかえしていた。彼はぼくのことを最低野郎のように罵ったが、そんなのはお互い様じゃないか、と考えていた。不服だった。少し前の自習中、昌晴に言われたことを思い出す。

――男のくせに、女きょうだいが怖いんだってさ。恥ずかし〜。

あの一言で、教室中のやつらがぼくのことを笑ったのだ。いまでも腹が立つ。あれは間違いなく、昌晴の悪意だ。それ以外の何物でもない。なのに、なぜ彼の行為は見過ごされて、ぼくの行為だけが責められ、罵られなければならないのか。同じことなのに、なぜ片方だけが自己嫌悪におちいっているのか。不公平ではないか。

相手だって悪いのに、ぼくだけが嫌な気分になり、ぼくだけが許しを請う……。そんなのは間違っていると思った。それは人間関係における敗北を意味するからだ。負けだ。そんなのは絶対に承知できない。

　しかし、その夜の八時過ぎに昌晴から電話がきて、ぼくは戸惑った。

「勇帆、どうしよ……。おれ、おれ、ばあちゃん殺しちゃった。ばあちゃんがあまりにもきつく叱るから、おれ、ついカッとなっちゃって。どうしよ……。もうすぐ父ちゃんと母ちゃんが帰ってくるし、どうしよ……。なあ勇帆、おれ、どうすればいい。ばあちゃんのこと大嫌いだったけど、でもそれは本当じゃなくて、本当は大好きで。だから、おれ、ばあちゃんを殺すつもりなんて全然なくて」

　昌晴は怯えた声で一方的に話し、こちらがいくら問いかけても答えず、すぐにぶつりと電話を切った。いまのは一体？　ぼくはしばしのあいだ唖然として動けずにいた。

「いまの電話、誰から？」と、何気なく尋ねてきた帆名に、ぼくはなかば呆けたような口調で正直に説明したが、とくに返答は求めなかった。

　そのまま部屋の片隅で体育座りをしてうずくまっていると、背中に激痛が走った。帆名が強烈な膝蹴りをかましてきたのだ。

「なにその格好、ダンゴ虫みたい。いかなくていいの？」

　さらに、立てエイドリアーン、だっせえ、などの罵声が矢のように飛んできた。

「いますぐ昌晴んちにいくぞ」

　帆名に焚きつけられると、ぼくは自分を鼓舞するように顔をあげ、両親の許可も得ずに家を飛び出して自転車を走らせた。当然、言い出しっぺの帆名もあとにつづいた。

　たどりついた昌晴の家の前にはパトカーが一台、停まっていた。玄関先に二人の警察官がいる。昌晴を溺愛しているふくよかな母親が不安そうな面持ちでその二人の警察官と話し込んでいた。

父親の姿は見えない。ぼくらはおそるおそる母親と警察官に近づいて、

「あの、昌晴君はいますか？　さっき昌晴君から電話があって……」

と言った。昌晴の母親は思ったよりも冷静で、事情を尋ねたぼくらに、何が起きたのかちゃんと説明してくれた。

「さあ帰ろう。子供が出歩く時間じゃないぞ」

警察官に早々と邪魔者扱いされ、ぼくらはくるりと踵を返した。

昌晴は現在、行方不明。ほかの警察官が彼を捜している。そして鬼祖母は……。

状況を知ったぼくと帆名だが、おとなしく帰宅するつもりはなかった。その点において、ぼくと帆名の気はひさしぶりに合致した。ぼくらは二手に分かれ、昌晴の捜索を開始した。

自転車で、昌晴が隠れていそうな、心当たりのある場所をいくつか巡ってみた。学校、文化センター、コンビニ、河川敷、駅の駐輪場、公園裏の竹藪など。しかし彼を見つけることはできなかった。時刻は九時を過ぎている。ぼくらの両親もなかなか子供が帰ってこないので不安に感じ、心配しているにちがいない。

とにかく、早く昌晴を見つけなきゃ……。

「勇帆」

民家のならぶ小道で、背後から声をかけられた。帆名だった。

「昌晴いたよ」と、帆名は言った。「〈せんべえ〉の前で、うずくまって泣いてた」

〈せんべえ〉に。なんでまた。

「連れてきた？」

「いや。声もかけてない」

「なんで？」

「おまえが声をかけてあげなよ、勇帆。昌晴はおまえに見つけてほしいから、電話をかけてきたんだろ。たぶん、〈せんべえ〉の前にいたのも、そう」

煌々と輝く満天の星の下で、帆名は穏やかに微笑んだ。ぼくは照れ隠しにフンと鼻を鳴らした。そして、急いで自転車をこいで〈せんべえ〉に向かった。

明るい夜の中を走りながら、ぼくは考えていた。たとえば、昌晴はぼくに優しくないのに、ぼくだけが昌晴に優しいこと。それは負けだと思っていた。昌晴がぼくに優しくしないのなら、ぼくだって昌晴に優しくしない。勝負はいつだってドローだ。それが友達関係じゃないか、と。だけど……。

「昌晴」と、ぼくは彼に声をかけた。昌晴はうずくまり、しくしく泣いていたが、声をかけるとはっとして、すぐに顔をあげた。涙と鼻水で、顔が奇妙な光を帯びていた。

「ばあちゃんは、死んでないよ」ぼくは言った。

「え」昌晴はかすれた声で、「……本当に？」

「うん。頭を打って、気絶しただけ。いまは目覚めて、病院にいる。だから帰ろう」

真相はこうだ。鬼祖母に叱られすぎてカッとなった昌晴は、思わず反撃に出た。昌晴に突き飛ばされた鬼祖母は、雑巾がけで少し濡れていた床で足を滑らせ、転んで頭を打ってしまった。気を失った鬼祖母を、殺してしまったと勘違いした昌晴は、ぼくに電話をかけてその恐怖を打ち明けたあと、逃げるように家を飛び出した。たまたま留守にしていた両親が帰宅したときには、鬼祖母はすでに目覚めていて、事情を説明してから、念のため父親とともに病院へ向かった。母親は行方不明の昌晴を捜すため警察に連絡した、というわけだ。

「……ばあちゃん、おれのこと、怒ってない？」

「怒ってないよ。昌晴のこと心配して、待っているってさ」

「本当に？」

「昌晴のばあちゃん、ちょっと怖いけど、いつも昌晴のことを気にかけていただろ。怒ってるわけないじゃん。早く帰って、ばあちゃんを安心させてやろうよ」

昌晴はわっと泣き出した。そしてなぜかぼくに対し、「ありがとう」と「ごめん」をつっかえながらくりかえした。ぼくは小さくうなずくと、おれのほうこそごめん、と胸の内でつぶやいた。

また一緒にストゼロやりにいこうな、と。

昌晴を家まで送りとどけたあと、ふたたび帆名と合流し、二人ならんで自転車を引きながら夜道を歩いた。

帆名はとなりで、「疲れたー」「風呂入りてー」「アイス食いてー」などと言いつづけていた。ぼくは歩きながら、こいつに感謝の言葉を伝えるべきだろうか、とも考えたが、結局は何も言わなかった。何かを話すには、帰路はあまりにも短い。

「お父さんたち、怒ってるかな」ぼくはつぶやいた。

「たぶんね」

通りの角を曲がると、わが家の小さな明かりが見えた。

2　暗雲に霞む正体

最後の一年をどう過ごすか。

六年生の最初はそんな考えに縛られる時期だ。やり残したことはないか。短距離走でまだ勝てないやつがいる、苦手な授業も苦手なままだ、気になる女の子にいまだに優しくできない、なんとかしなきゃ……。

だけど行動力がない。田舎の時間の流れは穏やかで、ぼくらの焦りを片っ端からなだめてくる。

この怠け癖に打ち勝つ方法はないのか、それが最初の難関だ。

が、そんな最初の関門の前に立ち尽くしたまま、小学生最後の夏休みがあっさり終わってしまった。あの時期、ぼくはボンクラな自分に内心嫌気がさしていた。

「団賀(だんが)おじさんに呼び出された」

しかし、そんなある日の放課後、昌晴が青ざめた顔で言った。

さよならの挨拶が終わってもまだ騒がしい教室。ぼくと小向満(こむかいみつる)はゲームの話を中断し、昌晴のほうを向いた。

「……一週間後、体育館の倉庫にこいだって」

「なんで？」

満は尋ねた。昌晴は「知らねえ」と言い、口を尖らせた。

団賀おじさんとは、ぼくらが通う小学校の少年野球の監督だ。ノックは得意だが、コーチングにかんしての評価は低く、ゆえに「カントク」ではなく、「おじさん」と呼ばれていた。

「昌晴だけ呼び出されたの？」

昌晴はぶんぶん首を横に振った。

「いや、おれたち三人」

「げっ」ぼくは顔をしかめた。「誰か心当たりある？」

満はすぐにはっとした表情を浮かべ、言った。

「あの写真を盗み見たことじゃないかな」

「あ、それだ」ぼくも思い至った。

当時、団賀おじさんは暇になると校内の片隅でよく謎の写真を眺めていた。嬉しげとも悲しげともつかない表情で、その姿はやはり不気味だった。写真の数も毎年一枚ずつ増え、六枚ほどになっていた。

長年気になっていたぼくらだが、とうとう先日、こっそりと団賀おじさんの目を盗んで専用ロッカーを開け、仕舞われていた写真を見た。いけないことだと思いつつも、好奇心に負けた。小さな男の子が写っていた。六枚とも同じ男の子だが、それぞれ年齢がちがった。写真の裏に名前とその年の年齢が記されていて、全部整理してみると、なんだか成長記録のようなものになった。

——息子かな。

——でもあの人、独り暮らしでしょ？

——とにかく、たいしたもんじゃなかったな、つまんね。

これが写真を見たぼくらの感想だった。

「待てよ」昌晴は言った。「それだって一ヵ月くらい前の話だぜ。なんで今になって気づかれたんだ？」

ぼくは首をひねった。ふいにあの拳骨の痛さが思い返され、身震いした。

「とにかく作戦会議だね」

満が横から冷静に言った。こういうときの仕切り役は彼に限る。

ぼくら三人は急いでランドセルを担ぐと、学校を飛び出して満の家へと向かった。

＊

団賀おじさんは四十代の中年で、身長は約百八十と結構大きく、ひょうたん型に太ってもいる。スキンヘッドは健康的な光を放っていたが、ほかの部分には濃いしわがたくさん刻まれていた。右耳にはえぐられたような傷跡があり、銃弾が掠ったやつ、という説が定着していた。さらに片目だけがなぜか不自然に落ち窪み充血していて、どれもが死闘の勲章に見えた。ちなみに家族はいない、単身者のようだ。

教員ではなく、外来の指導者なのだから、放課後にグラウンドで野球だけを教えていればいいものを、なぜか校内を監視する風紀委員長のような役割も担っていた。

しかめ面で口を尖らせ、「廊下を走んなっ」と、どすのきいた野太い声をあげ、いつも子供たちを怖がらせていた。きかん坊の児童には躊躇なく拳骨を見舞い、これがまた特大に痛かった。この六年間、ぼくの同級生は女子も含め、ほぼ全員がこの拳骨をくらっている。くらった児童はたいてい泣いた。泣かなかったのはぼくの知るかぎり帆名と、永遠の眠れる獅子と称されるほど何事にも動じない同級生、間壁(まかべ)くらいだった。

児童が楽しく学校生活を送ろうとするその背後には、必ず徘徊する怒れる鬼がいて、教員以上にみんなの行動を抑制しつづけたのだ。なかには喧嘩上等で刃向かうやんちゃな先輩もいたが、誰も歯が立たず、幾度となく組み伏せられては例の拳骨を見舞われていた。

ヤクザだとか殺し屋だとか、さまざまな噂が流れては消え、消えては流れた。たしかな正体を知っている者は一人もいなかった。親や先生に尋ねても、「あの人はよそから来た人だから、よく知らないな」とこたえるだけだった。「妙な経歴の持ち主なら学校も採用しないと思うよ」と得意気に言った同級生もいたが、そういう話ではない。ぼくらが知りたいのは団賀おじさんの経歴ではなく、裏の顔なのだ。あの人が普段どこで何をし、誰と交流を持ち、何を企(たくら)んで生活しているのか。黒い秘密はあるのか……。

「そもそも団賀おじさんて、何者なんだろうね」と、満は言った。

作戦会議。ぼくらはぷよぷよのゲームを片手間のようにやりながら、団賀おじさんについての話をはじめた。

「何者って？」

ぼくは眉をくいと上げた。満は声を低くして言った。

「うちの兄ちゃん、いま高校生なんだけど、もちろん小学生のときに団賀おじさんと関わって、中学生になってからも外で出くわしたことがあって……とにかく、いまだに怯えているんだよね」

「くわしく聞かせてよ」ぼくはコントローラーを置いた。

「兄ちゃんの同級生がさ、中学生のとき学校の外で団賀おじさんと出くわして、こっぴどく叱られたことがあるんだって。で、その人、高校生になってもそのことを根に持っててさ、いつか復讐してやるっていってたみたい。その人ね、高校生になって悪い仲間ができて、なんかヤバイ感じの人たちとも関わりができて……とにかく、すごく調子にのってたらしいんだ」

「調子にのるって、一体どういうことだよ？」と、昌晴が首をかしげる。

「まあ、喧嘩っ早くなるってことでしょ」

満が言うと、ふうん、と昌晴はムッとしてうなずいた。自分にも少しそういう部分があると、なんとなく自覚したのだろう。

「で、悪い仲間もたくさんできたし、自分も喧嘩が強くなったし、いまなら団賀おじさんに勝てるかもって思ったらしいんだ。それで、近々団賀のオヤジをぶち殺す！　とかいろんなところで宣言して回ってたみたい。そしてある日……」

「ど、どうなったの？」ぼくは生唾を呑んだ。

「行方不明」

「え」

「その人、消えたんだよ。パッと。団賀おじさんを襲撃しようとしたその日にさ。いまも消えたまま、見つかってないんだ」

「嘘だ！」昌晴は声を荒らげた。「びびらすんじゃねえよ、満。嘘つけ。そんな話、聞いたことねえぞ」

「本当だって。ぼくだって兄ちゃんが教えてくれなきゃ、わかんなかったもん。大人は話してくれないじゃん、そんなこと」

「団賀おじさんが、その人を消した……ってこと？」ぼくは訊いた。

「わかんない。でも兄ちゃんの同級生のあいだではそう噂されてて……だから、団賀おじさんはみんなが思う以上にヤバイ人間なんじゃないかって」

　ぼくらは数秒のあいだ静かになった。

「今更だけど、探ってみる？」ふいに満は言った。

「でも、どうやって」ぼくは首をかしげた。「団賀おじさんの家とかも知らないのに」

「兄ちゃんのバイト先の先輩が、ドライブが趣味の暇人なんだって。その人に頼んでさ、日曜に調査隊を結成するっていうのはどう？　メンバーはぼく、勇帆、昌晴、それから兄ちゃんとそのバイト先の暇人先輩。車なら、休日に団賀おじさんがどこへいこうと追跡できるでしょ」

「だからさ、その前に団賀おじさんの家を知らなきゃ追跡できないじゃん」

「最初は学校から追跡すればいいよ。監督の仕事終わりに、車で帰る団賀おじさんのあとをつけるんだ。そうやって、まずは自宅を知る。で、休みの日にあらためて追跡。じつは兄ちゃんとその暇人先輩にはもう頼んであるんだ。ていうか、ホントはこれ、兄ちゃんの案なんだけど」

　普段はひかえめ——その反動か、いざというときの満はすごく大胆だった。

「いいじゃん」ぼくと昌晴は同時に声をあげた。「すごく面白そう」

「危険もあるけどね」

「団賀おじさんに悟られないように気をつけないと」ぼくは言った。「呼び出しをくらっている身としては、慎重に行動しよう。昌晴けとくに」

「わ、わかってるよ」昌晴は渋い顔つきでうなずいた。

昌晴はしょっちゅう問題を起こすから、昔から団賀おじさんに目をつけられていた。とくに少年野球の練習試合のときに起こした、バット紛失大騒ぎ事件は決定打だろう。以前昌晴の愛用バットが試合中に紛失し、彼は相手チームの児童が盗んだと言い、試合そっちのけで喧嘩をふっかけたことがあった。最初は昌晴の主張に懐疑的だった団賀おじさんだが、昌晴が泣きながらも言い張るので、最終的には教え子を信じて相手チームの児童に拳骨を見舞った。「正直に話せっ」と。しかし後々すべて昌晴の勘違いだと判明し、バットはベンチの裏からあっさりと出てきた。団賀おじさんは昌晴と一緒に相手チームの学校まで出向き、何度も頭を下げた。そういう経緯もあってか、以来昌晴は団賀おじさんに見張られ、よくこき使われるようになってしまった。

「ふん」昌晴は強がりのように鼻を鳴らした。「そうと決まればさ、ぷよぷよなんかやめて、おっぺけぺのガチャでもやりにいこうぜ。もしも団賀おじさんと直接対決になった場合、やっぱり武器が必要だろ」

「あの水鉄砲を武器にすんの？　使えないよ」

ぼくは呆れながら言った。「おっぺけぺ」とはぼくらのあいだで流行していた、掌サイズのボール型のゴム製水鉄砲である。キャラクターのグロテスクな顔がそのままボール型になっていて、口からぴゅーっと水が出るのだ。種類も豊富で、どれも一見醜悪だが、癖になる可愛らしさを感じる不思議なおもちゃだった。お気に入りのそれをポケットに忍ばせて学校へいくのが、ささやかな楽しみでもあった。

「目には目を、っていうだろ」昌晴は得意気に言った。「一種の魔除けだって。気持ち悪さはおっぺけぺといい勝負だもんな、団賀おじさん。フランケンそっくり」

「え、どれかといったら軍のタイチョーみたいなやつでしょ」満も冗談めかして言った。

「おれはサメだと思ってた」

三人は夕暮れの外に飛び出した。

翌日の放課後。

学校の外で合流した満の兄は想像以上に小柄で、体の線も細く、顔も薄く、そして軽い口調の人だった。彼はぼくら三人にはあまり関心を示さず、バイト先の先輩とその愛車である「走り屋仕様のなんたらカー」について熱心に語り合っていた。二人とも思った以上に団賀おじさんの追跡に興味がなく、単純に楽しいドライブを目的としているとわかったとき、さすがに少し不安にかられた。

夕刻、団賀おじさんは監督の仕事を終えると、軽トラに乗って自宅へと帰っていった。ぼくらはそれを先輩の車でこっそり追尾した。

団賀おじさんの自宅は隣町にあった。国道からシーサイドラインへとつづく道の途中、田畑に囲まれた一本道の脇にぽつりとある、二階建てのぼろいアパートだ。壁は古いトタンで、蔦も這っていて、さらに数羽のカラスが足場として利用していることが、その中へゆっくりと消えていく団賀おじさんの背中をいっそう不気味に浮かびあがらせた。

住所特定。目的を達成すると、ぼくらは日が暮れる前に早々と引き返していった。

「本番は日曜日だね」

別れ際、満はそう言って、車を降りたぼくと昌晴に大きく手を振った。彼の兄とそのバイト先の先輩は最後まで車の話をつづけ、改造マフラーとかシャコタンとか、よくわからない単語を飛びかわせていた。

その日の夕食後、ぼくはふと思い立ち、リビングでテレビを見ていた父に話しかけた。

ぼくの父は痩せていて背が高く、端整な顔立ちで、スーッと角張った眼鏡がよく似合う比較的「格好いいお父さん」らしい。らしい、というのは、近所の人や同級生の親がたまにそう言ってくるからで、ぼく自身はあまりそう感じたことがないからだ。

――勇帆君のお父さんは格好いいねぇ。役所勤めなんでしょ？　いいねぇ。

正直に言うと、ぼくは父に対して苦手意識を抱いていた。父がいると、少し息苦しくなる。妙に緊張する。背筋が自然と伸び、口調も丁寧になる。なぜだろう。怖いからだろうか。でも怒られたことはあまりない……。ただ父はほとんど笑わず、冗談も言わず、ときたま冷酷な視線だけで子供たちを咎めることがあった。それは面と向かって怒鳴られることよりも怖い。

ときどき昌晴がうらやましそうに、「勇帆の父ちゃんていいよなあ。うちの父ちゃんとちがってうるさくないし、汚くないし、ハゲてもないし。田んぼから泥だらけになって帰ってくるたびに思うよ、少しは勇帆の父ちゃんを見習えって」と言うが、ぼくはいつも微妙な気分になる。ぼくからすれば、うるさいけれど愛嬌があって、やさしくて、話しかけやすい雰囲気の父を持つ昌晴が、ときどき無性にうらやましくなるからだ。

そんな自分の父――おごそかに黙りこんでテレビをにらんでいる――に、ぼくは背後から問いかけてみた。「あのさ、お父さん」

「なんだ」父は視線だけを向ける。

「団賀おじさんってどんな人？」

「団賀……ああ少年野球の監督か。さあ。よその人だから、よく知らないよ」

予想どおりの答えだ。

「みんな知らないっていうんだ。先生もさ」ぼくは言った。「不思議だよね」

「それは妙だね。経歴不詳か」父はかすかに眉根を寄せた。「あの人と仲いいのか？」

「ううん、そういうんじゃなくて。ちょっと気になっただけ」

「あの人とは、関わらないほうがいいぞ」

「どうして？」

「あんまりいい噂を聞かないからね」

「まあ、怖いもんね、あのおじさん」ぼくは調子を合わせた。

「もしも学校の外で見かけても、話しかけないようにしなさい」

そこまで過剰に拒絶しなくても、と思ったが、父への反論は選択肢にない。「うん。怖いもんね」

きょうだいの部屋に戻ると、帆名が机に頬杖をついて漫画を読んでいた。ぼくに気づくと椅子をくるりと回転させ、こちらを向いた。

「お父さんと何を話してたの？」

「べつに」

「団賀おじさんのことだろ」帆名はしれっと言った。「知ってるよ。おまえら、密かに探ってるんだってな」

「誰から聞いたんだよ」

「昌晴。誰にもいうなっていいながら、みんなにいいふらしてる」

ぼくはため息をついた。昌晴のばかやろう。

「結果報告よろしく。あたしもちょっと気になるわ、団賀おじさんの正体」

「ふん」気になるなら自分で調べろバーカ、と内心で思った。

ぼくは床に散乱している漫画本をひとつ手にとって、自分のベッドの上に転がった。


日曜日、ぼくらは朝の九時から団賀おじさんの自宅アパートの前で張り込んでいた。満の兄とそのバイト先の先輩が、朝飯がわりにファストフードをいくつか買ってきてくれ、車の中で食べた。先輩が「指についたポテトの塩は舐めろよー。車内にこぼしたら罰金だぞー」と、思いのほか真剣な口調で言ったのがおかしかった。

団賀おじさんが動いたのは昼時だ。ようやく自宅から出てきた団賀おじさんは、農作業でもするかのような小汚い服装で軽トラに乗り込み、ブーンと走り出した。ぼくらはうなずきあい、そのあとを追った。先輩のドライブは無駄に荒く、ゆるいカーブでも「おらあドリフト！」と声をあげ、乱暴に曲がった。そのため、うしろの三人は大いに気分を害した。満の兄もやはり車好きのようで、先輩がハンドルをぐるんぐるん回すたび、「やべえっす。先輩のクラウン、超やべえっす」と楽しそうに手を叩いた。

団賀おじさんは途中、コンビニに寄って買い物をすると、あとは日本海に沿った道をだらだらと軽トラで走りつづけた。長いトンネルと坂道を越え、やがて華やいだ海岸公園にたどり着いた。ぼくらもそこへ入り、少し離れた場所に車を停め、即座に降りると公園内の様子をうかがった。小さな十字の光をちりばめた海が眼前に広がっている。快晴の青い空とあいまって、魅惑的に輝いていた。家族連れも多く、ぼくらよりも下の子供たちが広々とした公園の中を駆け回っていた。

団賀おじさんは車の中から釣り道具を取り出し、公園の端のほうにいくと釣りをはじめた。木製の椅子とテーブルを独占し、途中コンビニで買ったと思われる焼鳥と缶の飲料水をテンポよく口に運び、そして釣竿をくいくい動かした。

昌晴は一応、変装道具として持ってきた帽子とサングラスを着用し、そうっと団賀おじさんに近づいていった。ぼくと満は近くの柱の陰に隠れ、ハラハラドキドキしながら昌晴の背中を見ていた。満の兄とそのバイト先の先輩はのんきなもので、暇潰しと言わんばかりにほかの子供たちとキャッチボールをやりはじめた。

昌晴はおよそ三メートルの距離まで近づいたが、これ以上は気づかれるおそれがあると判断したのか、くるりとぼくらのほうを振り向くと、腕で「×」をつくった。

昌晴はダッシュで戻ってきて、

「缶ビール飲んでたぜ、あのおっさん」

「だから？」まぬけなぼくは首をかしげる。

「飲酒運転になるよね、帰り道」満は冷静に言い足した。

「あ、そうか。警察に見つかったら逮捕じゃん」

「なに考えてんだ？　あのおっさん」

昌晴はそう言い、再度、団賀おじさんを見やった。焼鳥を食べ、串を舐め、缶ビールをおいしそうに飲んでいる。釣竿は手前の柵に立てかけているだけで、あまり関心がないように見える。しまいには懐から文庫本らしきものを取り出して、読みはじめた。

ぼくらはしばし悩ましいうなり声をあげた。昔の悪い仲間と待ち合わせしている、とかこの公園内に殺しの標的がいる、とかヤクザの集会の場所取りだ、などと言い合ったが、それらの危険を団賀おじさんが運んでくる気配はみじんもない。真っ青に晴れた平和な空の下、釣りをしながら読書をし、ときどき海を眺めている、力の抜けた中年オヤジが一人いるだけだった。

小一時間後、団賀おじさんは釣った小魚を釣り用クーラーボックスに入れたあと、のろのろとした動きでふたたび軽トラに乗り、そのまま公園を出ていった。

「どうする。追う？」満の兄が声をかけた。

ぼくら三人はぎこちなくうなずいて、「も、もちろん」と言った。

「まあいいけど。先輩と俺、夕方からバイトだから、あんまり長くは付き合えないぞ」

ぼくらは団賀おじさんの軽トラを追尾した。

帰路ではなかった。しばらく入り組んだ山道を走り、抜けると、一面に田畑の広がる道に出た。団賀おじさんの軽トラはある場所で停車した。枝豆農園だった。

のどかな風景のなか先輩のぎらついたクラウンは目立ちすぎていて、もはや尾行していることをまるで隠せていなかったが、とうの団賀おじさんにそれを気にする様子はなく、軽トラから降りると釣り用クーラーボックスを持って枝豆農園の入口まで歩いていった。ぼくらは車の中からその様子をうかがった。

やがて若い男が一人やってきて、満面の笑みで団賀おじさんと熱い抱擁をかわした。ぼくら三人は顔を見合わせ、なんだあれ、といぶかった。抱擁が終わると、団賀おじさんは若い男の肩をポンポンと叩いたりして、同じように笑顔を返した。

「……いま笑ったぜ、あのオヤジ」と昌晴が目を丸くした。

団賀おじさんは若い男に釣った魚を見せ、やるよとすすめているようだった。

「あれ」そのとき満の兄がつぶやいた。「五十嵐(いがらし)？」

若い男を不思議そうに指さしている。

「誰？」と、満は兄に訊いた。

「俺の同級生」兄は惚(ほう)けたような口調でこたえた。「団賀に消されたはずのやつ……」

ぼくら三人はしばし口をぽかんと開けたまま、お互いの顔を眺めた。

「わかったよ」

翌日の月曜日、満がさっそく解答を口にした。

「兄ちゃんの同級生といっても特別親しいわけじゃないから、その人の情報は又聞きのさらに又聞きだったらしい。だからすごくねじ曲がって伝わってたみたい。あらためて調べてもらったら、ただのいい話でがっかりした」

満の兄が言っていたという、団賀おじさんに恨みを抱き、襲撃まで計画していたらしい不良高校生――。彼は団賀おじさんに消されたのではなく、実際は県外に移っただけだという。以前は団賀おじさんを忌み嫌い襲撃も実行したが、それは失敗に終わったようだ。

「その人が団賀おじさんを襲撃して、まさに取っ組み合っている最中に、その人のお母さんが急病で倒れて病院に運ばれたんだって」

ポケベルで伝わったらしい。不良高校生の彼は即座に格闘をやめた。母子家庭だったようだ。悪ぶっていても、根っからのマザコン。母親が死んだらどうしようと取り乱した彼を団賀おじさんが一喝し、落ち着かせ、素早く病院まで連れていったという。

母親は命に別状はなかったが、専門の病院で治療するために県外に移ることになった。当然息子の彼も一緒だ。学校をやめ、住む場所を変え、治療費を稼ぐために働かなくてはならなくなった。その不安に押し潰されそうになっていた彼を、団賀おじさんが根気強く励ましつづけたらしい。

「で、その人、いまは枝豆の収穫期だから、農園をやってる叔父さんを手伝うために休日を利用してこっちに戻って来てるんだって。団賀おじさんもよく会いにいってるみたい」

「ふうん。それで、昨日は釣った魚をとどけにいったんだ」

ぼくはつぶやいた。毎回あんなふうに抱き合っているのかと思うと不気味だが、それほど仲良し、というわけだ。

「あーあ。つまんねえの」昌晴は大げさにのけぞった。「なんか妙に損した気分だぜ」

拍子抜け。団賀おじさんへの興味はあっさりと消えうせ、同時に恐怖感も薄れた。

そして、来年卒業ということもあり、ぼくらは団賀おじさんに対してちょっと強気に出てみようか、とこそこそ話し合った。いままで散々怖い思いをさせられてきたことに対する復讐だ。今度叱られたら、「うっせえクソジジイ！」と言いかえしてみようか。今度拳骨をくらったら、「あんたの拳なんか全然痛くねえよ。その腐りかけの手で釣糸でも結んでろ、ハゲ」と殴りかえしてみようか。

その話を帆名にしてみると、彼女は口をへの字に歪めて、言った。

「おまえらアホだろ。お調子者の鑑だな。団賀おじさんは普通のおっさんだったけど、だからって、べつにおまえらが超人になったわけじゃないじゃん。なに勘違いしてんだよ。おまえらはもっと普通。いや普通以下。反抗する資格なし」

至極まっとうな意見だが、帆名に言われると無性に腹が立つ。

「うっせえな、なんなんだよ、おまえ。いっつも文句ばかりいって！」

次の日の放課後、チャイムと同時に教室を飛び出し、ドッジボールでもやろうと体育館に向かって駆け出しかけたぼくと満と昌晴を、団賀おじさんが野太い声で引きとめた。

「待て。おまえら」

ぼくらは振り返ると、ごくりと喉を鳴らした。緊迫した空気が流れる。

一体なんだろう、と思った。例の呼び出しの指定日は明後日のはずだ。

「予定より早めに用意できたんで、今日渡す」団賀おじさんはそう言い、両手に抱えた段ボールを揺らした。「菓子だ」

「え」

「おもちゃも入ってるぞ。おまえらの好きな、おっぺけぺもある」

「は？　なんで……」

団賀おじさんはほとんど押しつけるように、段ボールをぼくらに渡した。

「いいか。おまえらだけで食べるなよ。ちゃんとほかのやつらにも配るんだぞ。一、二、三組のやつらに平等にだ。足りないぶんは後日また渡す」

「あの、ぼくたちを呼び出した理由って、まさかこれ……ですか？」

満が尋ねると、団賀おじさんはこくんとうなずいた。

「おまえらはこういうイケナイことにかんしちゃ、口が堅そうだからな」

「うわ。すっげえいっぱい菓子が入ってる」昌晴が段ボールの中をのぞきこみ、目を輝かせた。

「おお、ホントにおっぺけぺもある！」

「先生にはいうなよ。絶対に黙ってるんだぞ。いいつけそうなやつがいたら、うまくごまかせ。とにかく、ちゃんとみんなに配るんだぞ」

困惑するぼくらに対し、団賀おじさんはそのグロテスクな顔を少し歪めた。微笑んだつもりらしい。

彼が去ったあと、三人は顔を見合わせて首をひねった。段ボールにつめこまれた多くのお菓子とおもちゃ……このすべてを独占するわけにも、捨てるわけにもいかない。仕方なく、ぼくらはドッジボールの予定を潰して、言われたとおり六年生のみんなに配って回った。放課後、巡回している先生に見つからないように配るのはむずかしかった。やはり突然の奇妙なプレゼントに警戒する女子もいて、ごまかすのも一苦労だった。全員分には足りず、「後日また渡す」と言う団賀おじさんの言葉を信じて待つことにした。カードなどオマケ付きのお菓子は平等に配ったが、「おっぺけぺ」だけは、ぼくら三人がすべていただいた。

翌週、団賀おじさんは予告どおり追加分のお菓子とおもちゃを用意し、またこっそりとぼくら三人を呼び出すと手渡し、六年生のみんなに配るように言った。

「これで全員分だな。ちゃんと配れよ」団賀おじさんは満足げにうなずいた。

「あの……。なんで、おれたちにこんなプレゼントを？」ぼくは恐々と尋ねた。

団賀おじさんはかすかに目を細めた。

「来年卒業だな」

「え、あ、はい」満が当惑しながらうなずいた。

「大きくなったな、おまえら。まだまだガキだが……」

団賀おじさんが少し声をつまらせたように見えたのは、気のせいだろうか。

「いろいろ厳しくして、ごめんな。拳骨、痛かったろう」

「いや、えっと、あの……」ぼくはぎこちなく頬を引っ掻いた。

「これから中学生になって、大人にもなって、もっと痛い思いをすることがたくさんあるだろうけどよ、負けんようにな」

ゆっくりと踵を返し、分厚い背中を猫のように丸めて去っていく団賀おじさんが、いつになく頼りなく見えた。

休み時間や放課後を利用して、その日のうちにコソコソとお菓子を配り終えた。そして帰り道、妙に感傷的な気分になった。

「意味わからねえなあ、団賀おじさん。一体どういうつもりだよ」昌晴は言った。「気持ち悪いぜ。いきなり、こんな大量のプレゼントなんかくれちゃってよ」

「おっぺけぺなんて、全種類そろっちゃったしね。ダブりまであるよ」と満。

「もしかしたら……」ぼくは少し考えてから、「もうすぐ卒業するおれたちへの、お祝いのつもりだったんじゃないかな」

「うん。そうかも」満は言った。「厳しくしてごめん、みたいなことといってたからね」

「なんだよ、それ」昌晴は鼻で笑う。「じゃあ、毎年卒業をひかえた六年生に、いままで厳しくしてごめんね、っていう懺悔もかねてコソコソと配っていたってての？」

「ううん。たぶん、今年だけ……おれたちだけじゃないかな、こういうの」

ぼくの答えに、昌晴はなかば突っかかるようにして言う。

「なんで？　団賀おじさんに厳しくされたの、おれたちだけじゃないじゃん。みんな怒られたじゃん。だったらよ、去年も一昨年も、こういうのなきゃおかしいだろ」

たしかにそうだが、ひとつだけ、ぼくらが団賀おじさんにとって「特別」だと思う根拠があった。

「あの写真……」

「写真？」

「この前、こっそり団賀おじさんのロッカー開けて盗み見た、写真あったじゃん。男の子が写ってたやつ」

「あれが、なんだよ？」

昌晴はやはり鈍感だった。となりの満はすでに気づいているのか、明るい瞳をぼくに向けている。

団賀おじさんがいつもポケットに入れて持ち歩き、暇を見てはよく眺めている写真。小さな男の子が写っていて、六枚ほどあって、一枚めくるたびに年齢があがっていく成長記録のようなもの。

「写真の裏にさ、年齢が書いてあったじゃん」ぼくは言った。「一番新しいやつで、たしか十二歳。たぶん小学六年生」

「なら、ぼくたちと同い年だね」満が補足する。

「あの写真の男の子はたぶん団賀おじさんの子供だと思うよ。よくわかんないけどさ、何か理由があって一緒に暮らしてないんだ。つまり……」

別々に暮らす理由はわからない。しかし、おそらく子供の写真だけは毎年、奥さんか誰かから受け取っていて、あんなふうに眺めては離れて暮らす我が子の成長に思いを馳せていたのだろう。団賀おじさんの子供はぼくらと同い年。ぼくらの成長を、自分の子供の成長と重ねていたのかもしれない。

「ふーん。それで卒業祝いの菓子か」昌晴はようやく納得した。「でも笑っちゃうな。あの見た目で、じつはイイ人って。だっせえ」

「おっぺけぺ、どうする？　分ける？」ぼくは訊いた。

「おれはいらね。自分のお気に入りがあるから、それで充分」

昌晴は強欲に見えて、意外と身軽を好むタイプだった。よけいなおもちゃはポケットを重くするだけだから必要ない、というような。

「ぼく欲しいな」満はひかえめな口調で言った。「コレクションとして部屋に飾りたいから」

「じゃあ、おれも」

こうして、「おっぺけぺ」はぼくと満の二人で分け、それぞれ持ち帰った。全種類そろったこのおもちゃを見て、帆名がどういう反応をするか楽しみだった。


ぼくの勉強机の上にずらりと並んだ「おっぺけぺ」を見た帆名は多少驚いたように目を見開いたが、とくにうらやましがったりはしなかった。

「まあ、全部そろったのはおめでたいけどさ、こんなところに並べてて大丈夫?」

「どういう意味だよ」

「そのまんまの意味だよ」

ハッキリ言わないところに、こいつの性格の悪さがある。

親(とくに母親)というのは、子供のおもちゃにかんしてまったく見ていないようで、じつはしっかりと見ているものだ。どれがうちのおもちゃで、どれがそうでないか。親に無断でよその家から借りてきたり、あるいはもらってきたりして、それが原因でトラブルが生じることを懸念しているからである。

普段は物静かで父のご機嫌をとるだけで精一杯の、いろいろな意味で「ひ弱」な母だが、そういう感覚はつねに研ぎ澄ましていた。母はぼくの勉強机の上に並んだ不可解な「おっぺけぺ」のコレクションを見て、顔をしかめた。

「勇帆。これ、誰からもらったの？　全部あんたが買って集めたわけじゃないでしょ。そんなにお小遣いあげてないからね。で、どうしたの、これ」

仏頂面で黙っていると、ちゃんと話さないならお父さんに報告するからね、と母が言い出したので、ぼくはあわてて白状した。その結果、母は結局、父に言いつけた。子供に平然と嘘をつくのが親の楽しみか。ぼくは母に幻滅したが、それ以上に父の反応を恐れた。

夕食前、父は仕事から帰ってくるなりぼくを呼びつけ、冷淡な視線を向けた。沈黙が三分ほどつづき、地獄のような息苦しさを覚えた。父の片手には、ゴミ袋に入れられたぼくの「おっぺけぺ」がぶら下がっていた。その中には当然ぼくが自分で買ったものも入っているのだが、それすら口にできないほど殺伐とした空気が流れていた。

「勇帆。おまえにこれをくれたのは、あの監督だって聞いたけど、本当か？」

「うん」ぼくはうなずきながらも、父の険のある口調に違和感を覚えた。

「親しいのか？」

「ううん」

「親しくないのに、どうして相手はおまえにこんなものをくれたんだ？」

「よくわかんないけど……。たぶん、来年卒業するから、そのお祝いなんじゃないのかな。ほかのみんなにも配れっていってたし」

「どうしてあの人は、おまえに頼むんだ？」

「知らない」

「勇帆！」父は突然、怒鳴った。雑音の塊が飛んできたようだった。「ちゃんとこたえなさい。おまえはあの監督と親しいのか。親しいから、おまえは窓口にされたんだろう。どうなんだ？」

窓口の意味がよくわからなかったが、とにかく父は、団賀おじさんがぼくを「みんなの代表」として選び、プレゼント配りを任せたことが気にくわないらしい。実際はぼくのほかに昌晴や満が一緒だったと言っているのに、父はほとんど盲目的に彼らを除外して、ぼくだけを鬼のように責め立てた。

「仲良くないよ、あんなおじさん！」ぼくはとうとう泣き出し、わめくように言った。「大嫌いだもん。怖いし、気持ち悪いし、汚いし」

ぼくの口は左右に上下に、団賀おじさんを悪者にするためだけに必死に動いた。

「捨ててこい」父は鋭く言い、おもちゃの入ったゴミ袋を手渡してきた。

「ど、どうして……」

「得体の知れないプレゼントだ。もらう義理はない」

ぼくは頬の涙を拭い、ぐずぐずと洟をすすった。

「帰ってきたら、夕飯にしよう」父は最後にやさしく言った。

ぼくはうなずくと家を飛び出し、自転車に乗って、夕暮れの町を走った。自転車のカゴの中では、いとしの「おっぺけぺ」たちが、捨てられる瞬間を待ちながら切なげに揺れている。どこかに隠す？　誰かにあずける？　捨てずにすむ方法をいくつか考えてみたが、結局どれも「父に秘密」というのが前提の話になる。ぼくはあきらめて、土手の橋の上で自転車を停めた。

ここは名所というほどではないが、ときどき老人の自殺が起きる、通称「ヤバイ橋」である。車一台がぎりぎり通れる程度の幅しかない短い橋で、下には濁った川がゆるやかに流れている。この地域では面白がって近づく子供と、怖がって近づかない子供とで、ちょうど半々に分かれていた。ぼくは前者だ。いとしのコレクションを葬るには最適の場所だろう、と思った。

集積場のゴミ箱に捨てることだけはしたくなかった。なぜか？　おそらくそうするだろうと考えている父に対する、ささやかな反抗心からだ。

自分で買ったやつは捨てずに所持しておこうかとも考えたが、なかば投げやりな気分に後押しされ、一緒に捨てることにした。ぼくはゴミ袋から一個ずつ「おっぺけぺ」を取り出して、薄暗い川へ遠投のように投げ込んだ。サメ、タイチョー……。団賀おじさんに似ている顔のものを投げ捨てるたび、なぜか強烈な罪悪感に襲われた。

ぼくが悪いのか。ぼくは薄情で、裏切り者なのか。弱虫で、根性なしなのか。

誰かに「ちがう」と言ってほしかった。しかし聞こえてくるのはポチャンという水面の割れる音だけだった。

最後の一個を投げ捨てた瞬間、「勇帆、みっけ」と、帆名が背後から声をかけてきた。なかなか帰らないぼくを捜しにいけと父に命じられ、やってきたらしい。

「こんな場所に捨ててたの？」

「もう終わったよ」と、ぼくは言った。

「いや、あと一個あるよ」帆名はそう言って、ポケットから一個、取り出した。「お母さんが集めそこねたやつ。これが最後のひとつ。どうする？」

フランケンの顔が、帆名の手の上に乗っていた。

「捨てれば」と、そっけなく言った。ぼくは完全にふてくされていた。

「いいの？」

「捨てちゃえばいいだろ！　そんな不気味なおもちゃ！」

「あっそ」帆名は平然とうなずくと、大きく腕を振った。「じゃあ捨てる」

本当に投げ捨てた。夕闇の空を舞うフランケンの軌道ははっきりしなかったが、ポチャンという無慈悲な音だけがたしかに響いた。

「さ、帰ろう。あー、おなかすいた。勇帆のせいで夕飯が一時間も遅れた」

そのとき橋が小刻みに揺れて足元がぐらついた。強い地震かと思い背筋が凍ったが、たんに大型トラックが近くを通り過ぎただけだった。しかしその嫌なイメージは、夜眠りにつくまで消えなかった。

秋も深まり、冬の足音が近づきつつある、そんな夜。父の古い知人だという中年男性がぼくの家にお客としてやってきた。しわの多い角張った顔で、頭部の白髪も目立つが、不思議と老いた雰囲気ではなかった。爬虫類のようなぎょろっとした瞳は感情をまったく映さず、ぼくら子供に微笑みかける顔もどこか作り物めいて見えた。現役の刑事らしい。県警本部に勤めているのだとか。父とその知人は、母の淹れたコーヒーを飲みながら静かに談笑していた。

ぼくと帆名は、里居家の「出来のいい子供たち」としてその知人の前に座らされ、ニコニコ、ハイハイ、と愛想よくうなずきながら、その役目を長時間、演じさせられた。父とその知人はときおり「例の監督のことですが……」と口にしていたが、次の言葉は必ず濁していたので、内容は把握できなかった。父は抜け目なくぼくの反応を見ており、「監督」と口走ったあとは急ブレーキをかけるように口をつぐみ、そして、知人にも目配せなどで黙るように伝えていた。

一体なんだ？　ぼくは奇妙な不安にかられた。父とその知人のコソコソとした様子も気にくわなかったし、そういう態度を平気で見せる大人特有の無神経さにも腹が立った。その夜、知人の刑事がどんな理由でやってきたのか、結局、最後までわからなかった。

二週間後、団賀おじさんが学校から消えた。

最初はみんな、「団賀おじさん、見ないね。風邪で休んでるのかな」と言っていたが、さすがに四、五日も経てばおかしいことに気づく。ホームルームのとき、何気なく質問した児童がいて、すると担任の先生はちょっと困ったように眉を下げつつ、こたえた。

「団賀さんは先日、一身上の都合で監督をお辞めになりました。急な話だったから、みんなにお別れもいえませんでしたね。残念だけど、元気を出していきましょう」

何が残念で、どう元気を出せばいいのか、さっぱりわからなかった。ぼくは昌晴や満と顔を見合わせ、唖然とした。彼らも心底驚いたようだった。一体なぜ、団賀おじさんは急に学校を去ったのか……。

どのクラスにも情報通というやつは一人くらいいる。小さな地域の小学校だ。学校の先生と特別仲のいい保護者も当然いて、そういう親に、教員や児童などの問題が内密に、こっそりと伝わることがある。そして、親はその話を自分の子供にあっさり暴露する、あるいは盗み聞きされるというのが通例だ。なので、団賀おじさんが突然学校から消えた理由にかんしても、そういった情報通の児童が「うちの母ちゃんが話してたんだけどさ……」と打ち明けてきてくれるのを、ぼくは密かに期待していた。

が、結局何もわからず、これまでと似たような根拠のない噂が飛びかい、「何か問題を起こしてクビになったらしい」という憶測だけが多くの児童の中に残ってしまった。


ある日の夕食後、胸にモヤモヤを抱えたまま、ぼくは部屋のベッドの上に寝転んでいた。すると宿題に取り組んでいた帆名が、ふいに勉強机からこちらを振り向き、

「団賀おじさん、昔の逮捕歴が学校にばれたみたいだよ。児童の買春だってさ」

――逮捕レキ。児童のカイシュン。

帆名はこういう言葉を当然のようにすらすらと言うことができるが、ぼくはまだ馴染みがなく、困惑するばかりだった。「ど、どういう意味？」

「昔、悪いことをして警察に捕まって、そのことを学校には黙ってたみたいだけど、最近になってばれたらしいな。で、クビになっちゃったと」

「悪いことっていっても、昔の話だろ。なんで今更、監督を辞めなきゃいけないんだよ」

「危険だからじゃん？」帆名はこともなげに言う。「学校側としては、元犯罪者を子供たちに近づけさせるわけにはいかんのです、って感じじゃないの」

「な、なんだよそれ」ぼくは声を震わせた。「ていうか、なんでおまえがそんなこと知ってるんだよ？　先生もいわないし、ほかの誰も知らないのに……」

「昨日の夜、お父さんとお母さんがそう話してるのを聞いた」帆名は言った。「この前、お父さ

んの知り合いの刑事がうちにきてたじゃん。あの人が団賀おじさんの過去を調べてくれたんだって。で、ちゃんと逮捕歴があるのがわかって、どういう罪かもわかって、こいつは学校に報告してクビにしてもらわなきゃ、と思ったんだとさ」

頭がかっと熱くなる。ぼくは血走った目で言った。

「なんで、お父さんは、団賀おじさんの昔のことなんか調べたんだよ」

「まあ、いろいろ悪い噂があったからね、はっきりさせたかったんじゃないの」

「そういうことじゃない！」ぼくは叫んだ。「なんで今更そんなことをするのかっていう話だよ。たしかに悪い噂はあった、でもいままで一度も調べようとしなかったじゃん、なのに、なんでいまになってお父さんは団賀おじさんについて調べたんだよ！」

体が震え、頭から爪先（つまさき）まで、怒りと悲しみに染まりつつあった。下唇をぐっと噛みしめて涙をこらえるぼくを、帆名は黙って見つめ、やがて大きく息を吐いてから、言った。

「勇帆、おまえが学校で団賀おじさんと仲良くしていることが、お父さんは気にくわなかった、恥ずかしかったんだよ。だから、遠ざけようと思って、今更団賀おじさんの過去をあばいて学校に伝えた――」

昨晩、リビングでそんなふうにコソコソと話している両親を、帆名はこっそりと盗み見たという。

「……嘘だ」ぼくは声を絞り出した。

ありえない、と思った。信じたくなかった。いくらなんでも、ただそれだけの理由で、人ひとりの生活を踏み潰すようなマネを、ぼくの父がするわけがない。

「嘘じゃないよ。あたしたちのお父さんは、そういう人だよ。知らなかったの」

——自分に自信があって、だからだめな人が嫌いで、そして差別が得意なの、あたしたちのお父さん。

帆名は歌うようにそう言った。

「おまえに教えるべきか迷ったけど、最近、すごく悩んでるみたいだったから」

「うるさい。いじわる」

「知らなきゃ、いつまでもスッキリしないじゃん、おまえ。だから……」

「おれのためとか偉そうにいうなよ。帆名の楽しみはおれを傷つけることだもんな。いまだって、どうせ心の中で笑ってるくせに」

帆名はむっとして、

「わかった。もういいや。どうせあたしは悪者。心の中で爆笑してますよ」


次の日の放課後、ぼくは誰とも遊ばずに一人で「ヤバイ橋」に向かった。あの場所で団賀おじさんからもらったおもちゃをすべて投げ捨てたのだ。彼がどんな気持ちでぼくらへのプレゼントを用意したのか考えずにはいられなかった。

過去にどんな悪いことをしていたとしても、それは過去の話であって、いまはもう罰を受け、償いも終え、そして後悔だけをたくさん抱えた、普通のおじさんになっていたはずだ。晴れた日、真っ青な海まで軽トラを走らせ、釣りと読書と缶ビールを楽しむ、ただののんびりとした、やさしいおじさんに。

橋にたどりつくと、ぼくは急な傾斜を下って川のほとりまでいき、先日投げ捨てた「おっぺけぺ」を捜した。靴もズボンも泥水であっというまに汚れたが、気にしなかった。見つかるはずはないとわかっていたが、それでも捜さずにはいられなかった。

なぜ捨ててしまったのか……。後悔が鋭い刃物となって胸にくいこんだ。父を恐れ、従い、「捨てたくない」という自分の本心を、自分で踏みにじった。それがたまらなく悔しくて、なさけなかった。

夕陽が落ちて、暗闇が漂いはじめたころ、

「勇帆」

満だった。橋の上からぼくを呼んでいる。「……なにやってんの？」

「団賀おじさんからもらったおっぺけぺ、ここに捨てたんだ。ひどいことしたなって思って……だから、いま捜してる」

「ぼくも手伝うよ」

満は、ぼくの行動にたいした疑問も挟まず、あらかじめ決めていたかのような迅速さで橋の下にきて、一緒に捜しはじめた。ぼくは多少いぶかしく思いながらも、満の助けを無言で受け入れた。

あたりはすっかり暗くなり、あきらめかけたとき、

「あったよ。一個だけ」

満がそう言った。ぼくは即座に駆け寄って、彼が差し出した掌を見た。丁度よく近くの街灯がパッとともり、かすかな明かりが伸びてきた。満の手の上には、フランケンの顔の「おっぺけ

ぺ」がひとつ、乗っていた。

ぼくは瞬間、はっとした。これは先日、「お母さんが集めそこねたやつ」と言いながら帆名が持ってきて、最後に投げ捨てたやつじゃないか、と。

「どこにあったの？」

ぼくは尋ねた。満は少々ばつが悪そうに肩をすくめ、「ここ」と言い、雑草の生い茂った足元を指さした。

「ちがうだろ。ホントは、最初から満のポケットの中にあったんだろ」

咎めるわけではなく、ぼくは穏やかに問いかけた。満はやがて、困った顔をくずして小さな笑みを浮かべた。「うん」

「帆名に頼まれたの？」

「うん。帆名が――自分が渡しても、きっと勇帆のことだから意地になって受けとらないだろうって。たぶんいまヤバイ橋のところで捜しているから、手伝いながら偶然見つけたふりをして、ぼくから渡してやってくれってさ」

あのとき帆名は投げ捨てる「ふり」をしただけだった。かわりに小石でも投げたのだろう。ぼくの反応もその後の行動も、なんとなく予想できたのだろう。だから、念のため捨てずにとっておいたのだ。このフランケンの「おっぺけぺ」を。あいつのやりそうなことだ。

正直、帆名に対する感謝の気持ちなどみじんもなかった。ぼくは、あいつのこういうところが大嫌いだった。善でも悪でも、白でも黒でもない、そのあいだをいつも気ままにぶらぶらしているようなあいつが、ぼくは大嫌いだった。

だけど、時々思う。あんなふうになれたら——。

ふいににじんだ涙を、ぼくは素早く親指で拭った。

「はい。団賀おじさんの形見」

満はそう言って微笑み、フランケンをぼくに手渡した。

「形見って、まだ死んでないじゃん」

「そうだけど、たぶん、もう二度と会わないだろうから」

そういう人は死んでいるのと同じ、と満は言いたそうだった。そうかもしれない。生温い寂しさが、ぼくの胸にじんわり染み渡った。

「もうすぐ卒業かあ」

帰り道、満はつぶやいた。

「不安？」

「ちょっとね。勇帆は？」

「おれも不安」

別れの辛さを思い知るたび、ずっとこのままで、変わらずにいられたら、と思うのだけれど、それでも、近づく新しい出会いの足音に、少しだけ胸が震えた。

3　不協和音

中学二年生のとき、文化祭でバンドをやることになった。

バンドといったら一応、文化祭のメインイベントになるのだろう。ぼくの中学校はそうだった。一年生のときの文化祭――ライブ会場として華やかに装飾された体育館で何組かのバンド演奏を間近で見たぼくは、ちょっとした衝撃を受けた。いつも悪そうにして学校のことなんか興味ねぇよ、という態度で生活している先輩たちが、このときだけ厚化粧や女装などで自分を塗り固め、「さあ俺を見てくれ」と言わんばかりにステージ上で顎を突きあげて演奏している。ステージ前は彼らと親しい女の先輩たちが陣取り、「みんな声が小さいよ、もっと盛りあがって」と、これまたここぞとばかりに派手なジェスチャーで観客を煽っている。

「なにあの厚化粧。気持ちわる。みんな男だよな？」

帆名は、そんな文化祭バンドの様子を少し離れた場所からあぐらをかいて眺めていた。彼女は中学生になってもあいかわらずで、少し長くなった髪の毛をいつも雑に結び、制服よりも体操着でいることのほうが多く、活発でいて、そして気だるそうにしている奇妙な女子生徒だった。

「誰の曲だよ、あれ？　歌もギターも全然聞こえないじゃん。ドラムがうるさいだけ」

会場の一体感に圧倒され、少なからず文化祭バンドに憧れを抱きつつあったぼくをしらけさせるかのように、帆名はケチばかりつけていた。

「ルナシーの曲だよ。ジーザス。知らないの？」

「知らない。あたし洋楽しか聴かないもん」

何が洋楽だ、英語なんかわからないくせに。

「ていうか、なんで三年生しかやらないの？」帆名は些細な疑問を口にした。「一、二年生だってバンド組んで出てもいいんだろ？」

「たぶん、文化祭バンドは三年生の晴れ舞台みたいな感じなんだよ。一、二年生が一緒に出てその晴れ舞台を台無しにしたらいけないじゃん。だから暗黙の了解で、文化祭バンドは三年生だけなんだと思う」

「晴れ舞台っていうか」帆名は鼻で笑った。「ジャイアンリサイタルって感じだね」

「どういう意味だよ」

帆名はそれ以上何も言わず、つまらなそうに口を尖らせた。

そして翌年の十一月――そんな文化祭バンドに、なぜか二年生のぼくが出演することになってしまった。原因はやはり帆名だ。出演を決意してから浮き彫りになった問題も数多くあって、内心では出演はおろかバンドの結成すら危ういのではないか、と思っていた。

しかし風向きは変わるものだ。

あの彼が、ぼくらのバンドに入れてほしい、と言ったのだ。彼が直接風向きを変えたわけではないのだが、その瞬間がターニングポイントになったのはたしかだった。ただひとつ、大きな疑問があった。なぜ彼はぼくらのバンドに入ったのか？　それは彼にとってある意味、「破滅」に等しい行為だったというのに。

＊

中学生になって一番最初に驚いたのは、生徒の多さだった。小学生のとき、親や先生などから、「中学校は人数が多いからね。いきなり人都会だよ」と言われていた。この町の南、北、東といった地区に分かれていた小学校の卒業生たちが、すべて同じ中学校に集うのだから、必然的に増えるのは承知していた。が、予想以上の多さだった。全校生徒は約千五百人、クラスは一学年に十二ほどもあった。渡り廊下を挟んで、前半クラスと後半クラスに分けられていた（一～六組、七～十二組）。

教室の前にちょっとした休憩スペースがあって、休み時間になると多くの生徒が教室から出てきては、そこでおしゃべりしたり、わあわあ騒いだりしていた。自然と近くのクラスの生徒との交流は深まるが、一方で渡り廊下の向こう側にあるクラスとの交流はなかなか進まず、ゆえに前後半で派閥ができたり、互いに異文化的な印象を与えることも少なくなかった。

ぼくは後半クラスの九組に入り、昌晴と一緒だ。となりの八組には満がいて、七組には帆名がいる。大人たちの陰の配慮なのか、地元の同級生は後半クラスに集中していて、おかげで妙な疎外感は生じなかった。それでも前半クラスのほうに入った友達も何人かいて、彼らが入学して一ヵ月もしないうちに、「前半の連中はいいよ。みんな面白いもん。くらべて後半のやつらってちょっと暗くない？」と、遠回しに後半クラスを敵視してきたときは、地元の友情なんてこんなものか、と寂しい気分にもなった。

たしかに前半クラスには華やかな雰囲気があった。外見や成績で目立つ生徒は大概、前半クラスのほうにいたし、愛嬌があって人気の高い先生もそちら側の担任になっていたように思う。

とはいえ、こっちにも帆名がいる。良し悪し問わず目立つことにかんしては、彼女も負けてはいなかった。多くの生徒が、中学という広がった世界で新たな強者と出くわし、井の中の蛙よろしくこれまで自分が一番だと信じていたものや、いつか花開くはずと大事に抱えていた才能などにあっけなく失望していたが、帆名は変わらなかった。成績も運動もあいかわらず上位にくいこみ、態度はさらにエゴイスティックになった。先生のくだらない一発ギャグに笑うことはまずないし、お調子者の男子がうっとうしいときは躊躇なく冷徹な拳を見舞った。群れて粋がる連中に媚びることもしない。性格のきつさが普段の表情や行動に出ているので、みんなあんまり近寄りたがらないが、それでも隠れたファンがいる。

目立つきっかけとなった事件もあった。教員たちの自己紹介のときだ。入学して間もない日の放課後、一年生は第二体育館に集められた。生徒はみなジャージ姿で、慣れない集団の中で誰もがそわそわしていた。

「俺は学年主任の苅田だ。これから三年間、みんなが卒業するまで、俺がみんなの面倒をみることになる。みんなが何か問題を起こしたとき、俺が厳しく指導する、俺が責任をとる。この意味がわかるか？　つまりこの学校の中じゃ、俺がみんなのお父さんになるわけだ。で、副主任の桂木先生がお母さんだ。いや、お母さんというより、お婆ちゃんか」

オイみんな笑えよ、桂木先生が困ってるだろう。苅田先生はそう言っておどけ、ついで楽しそうにツッコミを入れる桂木先生と戯れた。生徒たちも緊張がほぐれたかのように大きく笑った。

苅田先生は三十代後半の男性教師だ。つりあがった切れ長の目、存在感のある鷲鼻、短く刈り上げたちぢれた天然パーマ。小柄だが筋肉質で、暇があれば校内を走ったり、筋トレなどをして鍛えているらしい。

「おまえ」ふいに、苅田先生は一人の生徒を指さした。「名前は？」

「浦沢(うらさわ)です」その生徒は小さな声でこたえた。

「よし浦沢。じゃあ、おまえはこの三年間で一体何を成し遂げたいかいってみろ」

「え……」困ったようにうつむく生徒。

「中学の三年間は小学校とはちがう、あっというまだ。だらだら過ごすか、目標を持って精一杯取り組むか。それによって、おまえの将来も決まってくる。中学校生活を舐めくさって、いい加減に過ごし、あげく人生を台無しにしたやつを俺は何人も見てきた。この学校にだって、そういう予備軍は多い。俺は、みんなにはそうなってほしくない。だからいまからいう。目標を持て、道を外れるな、そして真面目にがんばれ」

「あ、はい……」

「で、おまえの目標はなんだ。おまえは何がしたい？」

「えっと」生徒は口ごもった。

「覇気がないな」苅田先生は顔をしかめた。「部活は何を希望してるんだ？」

「あの、まだ……」

「声が小さい！　聞こえねえよ」

「まだ決まってません」生徒はなかば怯えながら言った。

「じゃあ柔道部に入れ。おまえは男のくせに痩せすぎだ。この三年間で精一杯、体と心を鍛えろ。いまのままじゃ社会に出ても一瞬で塵になるぞ。だから鋼になれ。それが、おまえのこの三年間の目標だ。いいな？」

生徒はこたえない。

「返事！」

苅田先生は声を荒らげた。生徒はうつむいたまま、顔をあげない。彼女は泣いているのだ。男の子と間違われたから。中学一年生くらいなら、髪型や顔つきなど外見だけでは男女の判別がつきにくい生徒もいる。まっとうな教師であればそういう可能性もちゃんと考慮したうえで発言するのだろうが、苅田先生はちがった。

「あのう、鋼になれって一体どういう意味ですか？」そのとき突然、生徒の群れの中からひょっこり顔を出すように、帆名が言った。「人間って鋼になれるものなんですか」

「もののたとえだ。鋼のように強くなれ。そういう意味だ」苅田先生はむっとした表情で、「というか、おまえはなんだ。勝手に発言するな。名前は？」と問いただした。

「里居です」

「よし里居、いいか。大人を小ばかにしたような、くだらない質問はやめろ。俺はそういうのが大嫌いだ。次に妙な発言をしたら、このあとに校内を走らせるぞ」

「中学三年間の目標が鋼のように強くなることって、鉄腕アトムでも目指せってことですか？

苅田先生こそ、子供を小ばかにしたような、くだらない目標を押しつけるのはやめてください」

苅田先生は火を吹く竜のように激昂した。彼は即座に帆名に詰め寄って、ちょんまげ頭を鷲摑みにすると、があがあ怒鳴りながら説教部屋へと連れ去った。

その場にいた誰もが帆名の名前を覚えたにちがいない。みんなの意識は一瞬にして彼女に奪われた。男子に間違われた女子生徒のことなど、どうでもいいほどに。大事なのは敵対ではなく、女子生徒を注目の的から外すこと。そういう意味なら、帆名の行動は成功していた。


一年生の最初のころは、それなりに大変だった。部活や勉強もそうだが、それ以前に人間関係に苦労した。これはお互い様だが、ちがう地区の子供との触れ合いは、まるで外国人との交流を試みているかのようだった。こちらが頭を抱えるほど奇怪な価値観を持つやつもいれば、信じられないほど嫌味なやつもいて、クラス内でも揉め事は絶えなかった。

それでも、慣れてくれば見落としていた良さにも気づく。口汚く罵り合っていたのが嘘のように、いつのまにか暑苦しく肩を組み「○○ちゃん」や「○○っち」と呼び合うほど仲良くなる生徒もいた。とくに男子は単純だ。昨日の敵は今日の友、を地でいった。くらべて女子は慎重で、無駄に交友関係は広げず、つねに少数の仲良しグループで行動していたように思う。男子が綱引きなら女子は騎馬戦。そんな印象だった。

ぼくも新しい友達が何人かでき、部活のつながりから前半クラスの生徒ともそれなりに交流を深めることができた。ちなみに部活は体験入部を散々くりかえしたあげくハンドボール部に落ち着いた。前半クラスとの情報交換はすごく楽しいのだが、話題によっては恐怖を覚えることもあった。
　ある日の部活のとき、ぼくらは校舎の外回りを走っていた。部員の一人が「ちょっと休憩しようぜ」と言い、先輩の目がとどかない校舎の陰に座り込んだ。ぼくとほか数名の部員たちも同じように座り込み、ふうっと一息ついて汗を拭った。

「後半っていいよな」ふいに一人の部員が言った。「おれもそっちのクラスがよかった。前半クラス最悪」

「なんで？」と、ぼくは首をかしげた。「前半のほうがにぎやかだと思うけど」

「後半は苅田がいないじゃん」

　苅田先生は一組の担任だ。つまり、前半クラスの先頭にはつねに彼が立っている。

「苅田先生が嫌いなの？」

「うん」

「どうして」

「すぐ怒るから」

「とくに出来の悪い生徒に対して容赦ないよ」ほかの部員もうなずいた。「反対に、出来のいい生徒にはすごく甘いけど」

　別の部員も横から割り込み、言った。「甘いっていうか、調子がいいっていうか、なんか友達みたいに接してるよなあ、出来のいい生徒にだけは」

「か弱い生徒にも甘いよ。頓葉（とんば）とか佐伯（さえき）とか」

「だな。そのへんがうまいんだよ、苅田って。出来のいい生徒と、か弱い生徒を同時に手なずけてさ、結果、出来の悪い生意気な生徒を叩きやすい環境をつくってるんだ」

「わかる！」誰かが声を張る。「俺なんて、この前、教室のベランダに出ただけで怒鳴られたぜ。ベランダ危険じゃねえか考えろおおお、って。でかいテントウムシがいたから、つかまえようと思っただけなのにさ」

「お気に入りの生徒なら絶対に怒らないよな、それ。むしろ褒めるかも。可愛い虫をつかまえたな、って」

「そういう先生なの、あの人って？」ぼくはここで口を挟んだ。

「そうだよ。知らなかったの」

「全然」ぼくはかぶりを振った。

第一印象から好きなタイプの先生ではなかったが、いまのところ授業を受け持たれたことはないし、情報も少ないし、実害もないので別段気にしていなかった。

「おまえも気をつけたほうがいいぞ、勇帆。苅田のやつ、どうでもいいことで、すぐに怒るから。で、めちゃくちゃ怖いから」

「怖いっていうか、うるさいよな。耳元で恫喝するから」口真似がはじまった。「おまえええええ！　わかってんのかよおおお！」

「似てるっ」みんな、げらげら笑う。

ふと気づくと、一人の男子生徒が立ちどまってこちらを見ていた。彼は帰宅途中のようで、ピカピカの自転車に跨がり、小さいヘルメットを被り、校舎の陰で談笑するぼくらに咎めるような視線を向けた。

「あ、頓葉だ」部員の一人が言った。

頓葉悠太郎(ゆうたろう)。先ほど誰かがちらりと名前を出した、一年一組の生徒だ。小柄だが、かなり太っている。小学生のころから、か弱き怪獣という異名を持っていて、顔はグレムリンに似ている。おとなしく、あまり笑わない。普段関わりのない生徒だが、それくらいは知っている。

「なに見てんだよ」部員の一人が頓葉に向かって言った。

「べつに」頓葉は拗ねたような口調だ。

「さっさと帰れよ」

「いま、苅田先生の悪口いってたでしょ」

部員たちはびくりとし、表情が強張った。「おまえには関係ねえだろ」

「ふうん。そういう態度とるんだ」

「なんだよ、おまえ、帰れデブ！」

頓葉はふんと鼻を鳴らし、くるりと自転車を反転させると、ふたたび校門のほうへと戻っていった。

「まずいな」誰かが怯えたように言った。「あいつ、いまの俺たちの悪口、苅田にいいつける気だぜ」

「まさか」ぼくは苦笑まじりに肩をすくめた。「そこまでする？」

たしかに頓葉は一組、苅田先生のクラスの生徒ということになるけれど……。

「あいつ、苅田のスパイの一人なんだよ。校内で何か問題を見つけたら、逐一、苅田に報告するようにいわれてるんだ。頓葉自身、あの見た目とのんびりとした性格のせいか、いじめられやすいし……。つまり、そういう意味でも苅田のお気に入りなんだよ」

「頓葉のやつさ、苅田の配下に入ったことで、態度もずいぶんでかくなったぜ。おれ、小学校が同じだったから、よく知ってる。前はもっと、おどおどしてた」

誰かが言い、ほかの連中も舌打ちした。

「嫌な目で俺たちのこと見てたな、あいつ。むかつく。あーあ、明日は苅田の説教かあ。マジ憂鬱」

「まだいいつけると決まったわけじゃないよ」

ぼくが言うと、前半クラスの彼らは一様に、「甘いぜ勇帆」とため息まじりにつぶやいた。

たしかにぼくは甘かった。翌日、彼らはさっそく苅田先生に呼び出され、説教部屋でこっぴどく叱られた。「オイ！　なんで俺は、おまえらに呼び捨てにされなきゃならないんだ？」と耳元で恫喝され、しまいには壁に叩きつけられ、半ベソをかかされたという。ぼくもしばらくのあいだは、いつ呼び出しがかかるのかとビクビクしていたが、後半クラスは苅田先生の守備範囲ではないと判断されたのか、沙汰なしに終わった。

と、思っていたのが甘かったのだ。

ある日の体育の授業中のことだ。この日は体育祭の予行演習もかねて、全クラス合同でおこなわれた。授業の半分は体育祭の練習にあて、余った時間で球技をやった。クラス対抗でバスケやバレーなどをやりはじめたぼくらは、そこそこ真剣になった。苅田先生も自分のクラスのチームに加わり、生徒と一緒になって球技を楽しんでいた。ぼくのクラスはバスケで勝ち進み、とうとう一組と対戦することに……。けっしてヒートアップしていたわけではないが、ぼくは強引にボールを奪いにいき、敵チームの頓葉を転ばせてしまった。彼はそのまま床の上でしばしアザラシと化した。

「あ、ごめん」ぼくは頓葉に両手を差し伸べ、目一杯の力で立ちあがらせた。「お、やっぱり重たいな。しかもイイ腹してるぜ、頓葉」

どっと突き出て、ぼよぼよにたるんでいる頓葉の腹部を見て、ぼくは思わず触りたくなった。ポンと軽く押すようにその腹に拳をあてた。少しは鍛えろよ、などと言ったかもしれない。瞬間、落雷のような苅田先生の怒号が体育館に響きわたった。

「里居おまええええ、なに頓葉のことからかってんだよおおお！」

猛然と突進してくる苅田先生から逃れるすべはなかった。彼はその勢いのままぼくを突き飛ばし、転びかけたぼくをつかまえて支えたかと思うと結局また突き飛ばし、最後には圧迫するように床に組み伏せた。当然、球技は中断され、ぼくは一瞬にしてみんなの耳目を集めた。

「おい頓葉、いまこいつに何をされたかいってみろ」苅田先生は言った。

「太っていることを、ばかにされました」頓葉は小声でこたえた。

「だってよ！」苅田先生の唾が飛ぶ。「里居、ふざけんじゃねえよ。人が気にしている身体的特徴をからかって、楽しいかよ。頓葉だって好きで太ってるわけじゃねえよ。痩せようと努力してるよ。その努力をいま、おまえはばかにしたんだよ。考えろおおお！」

「……ごめん、すみません」

ぼくは床の汚れを頬に感じながら、素直に謝った。たしかに悪いと思った。浅はかだと思った。

少なくとも頓葉に対しては。それだけに、なぜ苅田先生が我がもの顔でここまで怒るのか、理解に苦しんだ。

「みんな、どう思うよ？　こいつのしたことは、いじめじゃないか？」

苅田先生は、周囲の生徒たちに向かって大声で問いかけた。なるほど、これはぼくに対する仕返しなんだな、とようやく気づいた。苅田先生は以前、ぼくが後半クラスの生徒であるため呼び出しはかけなかったが、自分への悪口を見逃したわけではなかった。腹の底に怒りを溜めこんだまま、制裁を加える機会をうかがっていたのだ。

「いじめだと思います」遠くのほうで、誰かがそう言った。「そいつのしたことは、いじめです。人間のクズ、ゴミ。とことん叱って、猛省させるべきです」

苅田先生は発言者の顔など確認もせず、ふっと満足げに笑った。

「そういうことだ。みんな、おまえの行為を不愉快に感じたんだ。考えろ。放課後、第二資料室にこい。頓葉も入れて、ちゃんと話し合うからな」

球技は中断されたまま、授業終了のチャイムが鳴った。ぼくは生徒が解散したと同時に帆名のほうへ駆け寄って、その背中に強烈なパンチを見舞った。「いてえよ」と言いながら帆名は振り向いたが、その顔はやはりにやけていた。

「何が人間のクズだ、てめえ。おまえこそゴミだ。ばかやろう」

ふん、かっこわる、と帆名は言い、げらげら笑いながら教室へ戻っていった。

この一件以来、ぼくは苅田先生のことが大嫌いになったし、彼の悪評が生徒のあいだでどれだけ飛びかかっても、何ひとつ意外に感じなかった。

とはいえ、さいわいぼくは後半クラスのため、体育館で激怒された一件以来、彼と関わることはほとんどなく、その影響下の外で日常を過ごすことができた。一応、勉強も部活も友達関係も順調に進み、いかれた姉とも適度に距離をとって、それなりに楽しい学校生活を送っていた。こうして一年間はあっというまに過ぎ去り、二年生になった。

ある日、ぼくは部活を休んで早めに学校を出ることにした。部活の顧問には「体調不良です」と言ったが、嘘だ。本当は元気いっぱいだった。数週間も前から楽しみにしていたジュディマリの新譜を買うため、さっさと帰らねばならなかったのだ。

同級生の大半はスマップやグレイ、宇多田ヒカルなどに夢中で、ぼくがジュディマリの話を持ち出しても、みな反応が薄かった。引くほど個性的なビジュアル系バンドも流行していて、放課後、たまに奇妙な化粧をして帰っていく男子生徒もいたくらいだ。小六のときからジュディマリ一筋のぼくにとっては少々居心地の悪い環境だった。

ぼくは密かな楽しみを胸に抱き、こっそりと逃げるように教室を出た。帰りがてら町のＣＤショップに立ち寄る予定だ。急いで階段を駆けおりる。

そして、学校の昇降口のところで激しく怒られている頓葉と遭遇したのだ。怒っているのは苅田先生だ。それは恫喝の域をこえていて、暴行に近かった。

「わかってんのかよ、デブ！」苅田先生は強い張り手で頓葉の体を押した。「だらしなさが体型にも表われてるんだよ。おまえ、まともにできることってあるのか？　豚みたいに太っていくだけの人生なら学校通う意味ねえだろ」

　苅田先生はバチンバチンと頓葉の頬や頭を叩いた。頓葉はされるがまま、まさに皿に落とされたプリンのようにぷるぷる震え、うつむいて黙っていた。やがて怒鳴りきって満足したのか苅田先生はふーっと息を吐いてから、にかっと笑った。

「俺はおまえを信じてる。おまえは、やればできる生徒だ」

　そう言って頓葉の肩をやさしくなでて、踵を返して立ち去った。頓葉はそのまま、のそのそと下駄箱で靴を履きかえ、昇降口を出て駐輪場へと向かった。ぼくはその、くたびれて丸まった背中を追いかけ、駐輪場のところでつかまえた。

「なんで怒られてたの？」ぼくがふいに尋ねると、頓葉はびくついて素早く顔を伏せた。

「べつに……」

「ふうん。まあ、どうでもいいけど」

　ぼくが身を翻して自分の自転車を探そうとしたら、頓葉はぼそぼそと口を開いた。彼は泣いていて、鼻をぐずぐず鳴らした。

「学級風紀っていう、クラスでまわしてる日記があるんだ。それの『今日の問題点』っていう欄に『とくになし』って書いたら、なんかあるだろ、って怒られた」

「げっ」ぼくは眉をひそめた。「それだけで？」

「……うん」

　簡単に言うと、スパイの報告書が味気なかったから、その不満を爆発させたのだ。あまりにも幼稚で理不尽な怒りだが、苅田先生なら充分ありえる話だった。

「苅田先生って、頓葉に対しても怒るんだな。ちょっと意外」

自分の配下にいる生徒は、みな平等に甘やかしているのだと思っていた。

「たぶん、僕が一番たくさん怒られてるよ」と、頓葉は言った。

「ふうん」

とくに疑問は挟まなかった。先ほどの苅田先生の恫喝といまの頓葉の涙を見て、なんとなく察した。彼らの本当の関係を。

だからといって、ぼくらはお互いに同調するような間柄でもない。それ以上かける言葉は見つからず、駐輪場で別れた。

が、この十五分後に、町のゲームセンターでふたたび遭遇した。

近くのCDショップに立ち寄って予約していたジュディマリの新譜を買い、ついでに息抜きにゲームでもしよう、と思い立ち、となりのゲームセンターに入った。そこで頓葉と再会した。最初、彼は「ビートマニア」というゲームに夢中で、うしろで見物しているぼくの存在にまったく気づいていなかった。ゲームを終え、ひたいの輝かしい汗を拭いながら満足げに缶ジュースを飲む頓葉は、その目でようやくぼくの姿を確認した。

「あ、里居君」

「よう」ぼくは軽く手をあげた。「奇遇じゃん。よく来るの、このゲーセン?」

「まあ……」頓葉はばつが悪そうに肩をすぼめた。

「べつに先生にはいわないよ。おれだってゲームしようと思って立ち寄ったんだから」

一応、校則で学校帰りの「遊び」は禁じられている。

「ていうか、ビートマニア、すごくうまいじゃん」

「うん。リズム系のゲーム、好きだから。ドラムやってる叔父さんの影響でさ」

「ドラムか。でもゲーム的には、ＤＪのほうだろ？」

「タイミングをあわせて叩く、という点では、ドラムと一緒だよ」

頓葉はビートマニアだけでなく、ほかのゲームも得意で、このあとぼくにいろいろと教えてくれた。共闘したり対戦したりと、気づけばぼくらは楽しい時間を過ごしていた。

「あ、やば。もう帰らないと」

夕方六時前、頓葉がそう言ったので、ぼくも一緒に帰ることにした。ゲームに夢中になりすぎて、ジュディマリの新曲を聴くという目的をすっかり忘れていた。

自転車に乗って商店街の通りを走り抜けた。ゲームの話をする頓葉はすこぶる快活で、最初に抱いていた物静かな印象とは程遠かった。学校で人気者になるようなタイプではないが、それでも、いまの人懐っこそうな明るい笑顔を見せていれば、もっと自然に、彼を中心とした輪が広がるような気がした。苅田先生になど頼らなくても。

「なあ頓葉ってさ」ぼくはつい、訊いた。「苅田先生のこと本気で慕ってんの？」

彼は少しためらいつつ、「うん。そうだよ」

「あのさ。こんなこといいたくないけど、たぶん苅田先生は頓葉のこと……」

「わかってる」頓葉は向かい風に短い髪を揺らし、言った。「僕のお父さんが、酒に酔うとよくいうんだけどね」

「何を？」

「会社は俺をただの駒としか考えてないけど、それでいいんだ、って。従順な駒でいつづけるかぎり、会社は俺を守ってくれる。だからこそ俺はおまえたち家族を守ることができる。それでいい、まっとうな人生ってのはそういうもんだぞ、って」

長いものに巻かれるな、むしろこっちから抱きつけ――。頓葉は父親の口真似をしながら、そう言った。

「うーん」ぼくはなんとも言えず、ただうなった。

「保守的でしょ」と、頓葉は苦笑した。「でも、それでいいんだと思う。少なくとも、僕もお父さんと同じで、そういう生き方が自分にあってると思う」

頓葉と別れたあと、帰路の先に広がる夕空は異様なほど真っ赤に燃えていた。飛びかう鳥が火の玉に見え、その範囲を広げているようだった。なぜか胸が痛んだ。

家に帰り、きょうだいの部屋へいくとCDラジカセを持ってきてベッドに座り、買ったばかりのCDをセットしてヘッドホンで音楽を聴きはじめた。

帆名も同じく部屋にいて、自分の机のところで何やらひたすら作業をしていた。ぼくがヘッドホンを外して何をしているのかと尋ねると、

「いらないプリントで紙飛行機をつくってる。ただ捨てるだけじゃつまんないし。どうせなら飛ばして捨てる」

「ふうん。なんでもいいけど、部屋を散らかすなよ」

「こうしてつくってみると、なかなか面白いね、紙飛行機。先端を重くするとよく飛ぶみたいだ。ボンドで固めて重くしてもいいけど、安全ピンとかボタンでもいけそう。いろいろ試せるな。重りになりそうな物、集めようかな」

「やめとけよ。どうせすぐにがらくたになるんだから」

工作と収集。帆名の趣味ではあるが、つくりっぱなしや散らかすばかりで最後の片付けや処分のできないタイプでもあった。

「明日は一限目から数学かあ」帆名は険のある声をあげ、紙飛行機をひとつ、ぼくのほうへ飛ばした。「くそくらえだね」

ぼくはそれをキャッチし、「ヘンな問題起こすなよ」と小さくつぶやいた。


二年生になって、一応クラス替えがおこなわれたが、それはほんの些細なシャッフルでしかなく、前後半のクラス分けと生徒の顔ぶれにほとんど変化はなかった。これも一度手なずけた生徒をなるべく最後まで手元に置きたい、という苅田先生の思惑だろうか……。彼にそこまでの権限があるのか知らないが、つい邪推してしまう。

それでも、教科担当の先生はほとんど入れ替わった。ぼくのクラスは波風など立てない穏やかな先生ばかりで、比較的平和な授業がおこなわれていた。しかし帆名のクラスの数学担当は、苅田先生になった。因縁の二人がふたたび顔を突きあわせることになったが、とくにたいした問題も起きないまま春夏と過ぎて、秋が近づいていた。そして遅まきながら結局、問題は起きた。

その日、後半クラスはその話題で持ちきりだった。

帆名のクラスでの数学の授業中——苅田先生は、先日おこなったテストの答案用紙を返却すると同時に、生徒全員に労いの手紙を書いて配ったらしい。ちゃんとした直筆でだ。

『河本、よくがんばった。八十五点おめでとう。平均点以上だ。夏休み、バレーの練習に打ち込みすぎて勉強をサボってるんじゃないかと心配していたが、両方しっかりやってることをみずから証明したな。偉いぞ。次は百点を目指せ。おまえならできる！　茹田』

こんな手紙を受けとれば、茹田先生は生徒の一人ひとりをしっかりと見ていて、とても大事に思ってくれている、などと勘違いするかもしれない。そう、それは大きな勘違いなのだ。なぜなら茹田先生がこういう気持ちのこもった温かい手紙を送ったのは、自分の配下にいる生徒だけで、「その他の生徒」に送った手紙は、個性や特徴など何ひとつ書かれていない、

『もっとがんばれ。次は期待してるぞ！　茹田』

という味気ないものだったからだ。これに対し、ふたたび当然のごとく帆名が怒った。

「あのう先生、八十五点の河本君が『よくがんばった』なのに、どうして九十八点のあたしが『もっとがんばれ』なんですか？　意味がわかりません。そもそも生徒に対して露骨に差をつけるの、やめてくれませんか。そういうのに戸惑う子や動揺する子もいるんですよ。大体、いい大人が、みっともない」

茹田先生は怒号をあげ、屁理屈めいた言葉を並べつつ、恫喝の雷雨を帆名に向かって浴びせた。それでも帆名は怯（ひる）まなかったらしい。

「うるさい。くたばれバカ教師。生徒をおもちゃにすんな。おまえなんか自分が大好きなだけの、クソ教師だよ」

この話を知ったぼくは、さすがに呆れた。スカッとする気持ちも少なからずあったが、やはり心配のほうが大きい。二年目になっても茹田先生の学年主任は継続しているし、おそらく三年間つづくのだろう。この学年に対する彼の影響力は絶大だ。帆名が選んだのは茨（いばら）の道。もう後戻り

できない、「ＶＳ苅田」の行方を危惧せずにはいられなかった。

予想どおり、この瞬間から、苅田先生の帆名に対する「冷遇」がはじまった。

それは本当に呆れるくらい陰湿で、子供のするいじめと大差なかった。教師とはいえ、なかにはこういう大人もいるのだと思い知ることができた。そういう意味では、いい経験だったのかもしれない。世の中の大人は子供が思うほど大人じゃない、と。

しかしながら、とうの帆名はやはり黙ってはいなかった。

「あたし、今年の文化祭でバンドやるわ」

突然、帆名はそう言った。十月の初旬のことだった。

「はあ？」部屋で音楽を聴いていたぼくは、思わず声を裏返した。「なんでまた」

「苅田のやつに復讐する。あいつへの不満を歌にしてぶちまける。文化祭のバンドなら、注目度も抜群だし」

「ふうん」即座に関わりたくないと思った。「ご勝手に」

「おまえはギターで参加しろよ、勇帆」

「な、なんでおれが」まさに恐れていた展開に……。「やだよ。ギター弾けないし」

「心配無用。ギターは努君（つとむ）が教えてくれるってさ。じつはもう頼んである。簡単なコードならすぐに覚えるだろうって。それで充分だよ。本番は爆音でごまかせばいい」

努君というのは幼馴染の近所のお兄ちゃん（大学生）で、一応バンド経験者だ。

「絶対にいやだ」

「おまえの気持ちなんかどうでもいいよ。参加は強制だから。とにかくギター覚えろ」

この鬼畜め。

「ほかの楽器はどうすんだよ。歌とギターだけじゃ、全然迫力が出ないじゃん。アコギ一本で不満ソングを歌うつもりかよ。ださっ」

「うちのクラスの小町明日香って子が、ピアノで参加してくれる。一応もう承諾も得てあるから大丈夫だよ。あとはベースとドラムだな」

小町明日香。この名前に、ぼくの心は不覚にも反応した。同じ後半クラスにいて、一年生のころから気になっていた女子生徒だ。みなの目を惹くような華やかなタイプではないが、ピアノを弾いている姿は凜としていて抜群に美しかった。さすがに帆名がぼくのそういう恋心まで計算して小町明日香をバンド仲間に引き入れたとは思わないので、ただの偶然だろう。なので、テンションはぐんとあがった。

いや待て。

「歌の内容って……つまり、苅田先生への悪口なんだろ？　やっぱり無理だよ、おれ。あの先生に目をつけられたくないもん。たぶん内申点にも響くだろうしさ」

「あたし以外のメンバーはみんな、本番、お面でも被って正体を隠したらいいよ。出演名簿も、代表であたしの名前だけ書くし。で、練習は情報がもれないよう地元の文化会館を借りてこっそりやればいいじゃん」

なるほど覆面バンドか、ちょっと格好いいかもな。なんにせよ小町明日香と親しくなるチャンスだ。

「まずはメンバーを集めなきゃ」それでも、ぼくは冷静に言った。「話はそれからだよ」

帆名のやり方は猪突猛進だった。まずは今年の文化祭にバンドで出演することを大々的に宣言して回り、同時に苅田先生が大嫌いであることと、その不満を音楽にして演奏するのだと正直に伝え、さらにベースとドラムが必要だと言い、そのうえで、共感する人はぜひうちのバンドに参加してほしい、と勧誘していった。

もちろん挙手する生徒は一人もいなかった。みな面白そうだ、絶対観にいく、苅田を叩き潰せ、などと無責任に応援はするが、関わる気はみじんもない。当然だろう。みな苅田先生ににらまれることのリスクを重々知っているし、それ以前に、帆名自身が奇異な存在として生徒たちから敬遠されているのだから、仲間など集まるわけがなかった。

だからこそ、小町明日香が無条件で参加してくれることに、ぼくはあらためて驚いた。

「ナアちゃんとは友達だから。一緒にバンドやるの、楽しそうだと思って」

放課後、はじめての顔合わせのとき、明日香はそう言った。ヘルメットみたいなショートヘアは不似合いだが、あいかわらず、笑うと「へ」の字のように細くなる目が、ぼくの心をつかんで離さない。

「本当にそれだけ?」ぼくは首をひねった。

「うん。ヘン?」

「ヘンていうか、たぶん小町にもリスクがあると思うんだけど……」

「リスク?　ないない。だってピアノ弾くだけでしょ。あ、うまくできなくて大勢の前で恥かくかもって心配してくれてるの?　だったら、いらぬ心配です。わたしこう見えて、ピアノ歴十年だから。失敗しても恥をかくほどヘタクソにはならないよ」

「いや、そういう意味じゃなくて……」ぼくはなんだか面倒臭くなり、言った。「まあいいや。とにかく助かるよ。バンド、一緒にがんばろうね」

「うん、よろしく。ドキドキするね！」

明日香は天然というか、のんきというか、あまり屈折した考え方をしない性格らしい。苅田先生への不満を歌にするといっても、どうやらバラエティ番組のドッキリ程度にしか考えていないようだった。彼女と話していると、ひらひらと舞う蝶を追いかけているような気分になり、ぼく自身も毒気を抜かれ、自然と物事への深刻さが薄れた。

結局メンバーは集まらないまま、休日、はじめての演奏練習がおこなわれた。場所は予定どおり地元の文化会館の一室を借りた。ギターは近所の努君から借りて、ピアノは文化会館に常備してあるものを使わせてもらった。帆名が適当なメロディをいくつかラララで歌い、明日香がそれらをうまく組み合わせてひとつの歌にしようとした。とりあえず考えるのはAメロとBメロとサビの三つだけでいいので、案外簡単かもしれないと思ったが、それはやはり甘い考えだった。素人中学生にちゃんとしたメロディラインなどつくれるはずもなく、とくにサビが難しく、真剣になるほどすべてが駄作に感じられた。「もう一生分のラララを使いはたした」と帆名が匙を投げたところで、歌づくりは一度中断した。

昼、持参してきた弁当を三人で食べたあと、ふたたび歌づくりに戻り、また三人とも小さなうなり声をあげた。しばらくしてから、明日香がこう提案した。

「サビは難易度が高いから、この際はぶいて、AメロとBメロだけにしよう。で、どっちがサビかわからないような歌にしてみない？　両方サビっていうか。そういう歌、たまにあるでしょ」

　明日香はいくつか例を挙げると、ピアノで歌ってみせた。明日香の綺麗な歌声の効果もあり、とてもいい感じに聞こえた。ぼくと帆名は快活にうなずき、それでいこう、と納得した。先ほど帆名が口ずさんだいくつかのラララの中から厳選して、じつに単純なメロディをひとつつくって、さらに、じつに単純なギターとピアノを加えた。

「ちょっと微妙。盛りあがりそうで盛りあがらない、って感じ」とぼく。

「そう？　わたしは結構好きだけど。なんか、癖になりそうな予感がする」と明日香。

「ゆっくりだけど激しい、っていう曲にしたいな。一応、不満ソングだし」と帆名。

　ぼくのギターは単純明快なコードで、ただジャカジャカと鳴らしているだけだが、明日香のピアノはどんどんアレンジを加えられていき、なかなか迫力が出てきた。帆名はあいかわらずラララで歌っているが、ときどき「苅田、カリフラワーより不味い」などと歌い、段々と気分が乗ってきたようだ。

「ベースラインはピアノでカバーできるから、メンバーはいらないかもね。迫力は落ちるけど、ナアちゃんの歌が思った以上にパワフルだから、充分じゃないかな」

　明日香はそう言うと、ベースラインの低い音をピアノでさらりと弾いてみせた。

「すごいじゃん、明日香」帆名は手を叩いて喜んだ。「とすれば、あとはドラムをどうするかだなあ」

「ドラムか……」ぼくはふと頓葉のことを思い出し、うなった。いや、彼はビートマニアが得意なだけで、ドラムができるとは言っていなかった。が、以前話していたドラム好きの叔父さんから、もしも少し教わっていたとしたら……。

「誰かいる？　ドラムやってくれそうなやつ」帆名が尋ねた。

いや、彼はだめだ。たとえドラムができたとしても、苅田先生のスパイじゃないか。仲間に入れるなど論外だ。「いない」と、ぼくはこたえた。

しかし翌週の月曜日、

「バンドに入れてほしい」

と、頓葉のほうから言ってきた。ぼくはのけぞるほど驚いた。

「文化祭バンドの仲間、探してるんだよね」放課後、頓葉は廊下で雑談するぼくと帆名をつかまえて、言った。「僕、ドラムならできるよ。叔父さんから教わって……」

「ふざけんなっ」帆名は即座に言った。殺気立った雰囲気に、通りかかった生徒が思わず目を向けた。「おまえなんか苅田の手下じゃねえか。消えろ、ばーか」

「やめろって」ぼくは帆名を制した。「どういうつもり頓葉？」

「どうって……」頓葉は口ごもる。

「おれたちのバンドに参加するって、苅田先生と敵対するってことだよ。それでもいいの？」

「いいも何も」帆名は語気を荒くした。「だから、こいつは苅田のスパイだろ。内部破壊を狙ってんだよ。仲間に入れたら、苅田の思う壺じゃん」

「それはちがう！」頓葉は目に力を込めた。

「何がちがうんだよ」

帆名がにらみ返すと、頓葉はもじもじしたまま何もこたえない。

ぼくはひと息つくと、「わかった。いいよ。ドラム頼む」と言った。

「はあ？」帆名は顔をしかめた。「反対。大反対」

何かあったらおれが責任をとるからさ、と言い、なかば強引に納得させた。とはいえ、ぼくのとれる責任などたかが知れている、というか、何もない。


冷ややかな風に揺れる紅葉、地の上で羽を伸ばすセキレイ。

文化祭の当日。廊下や教室は派手な装飾に彩られ、いたるところから流行の音楽が流れていた。親や知人などの部外者もたくさんやってきて、生徒とわいわい戯れた。午後の三時ごろ、帆名ひきいるバンドメンバーは体育館のステージ脇にいて、やがてくる順番を待っていた。すでに何組かの演奏がおこなわれ、会場の熱はかなり高まっていた。去年と同様に、グレイやルナシーのコピーバンドがほとんどだ。演奏の音がうるさくて歌声などろくに聞こえてこないのだが、例年どおり生徒会が用意した「盛りあげ隊」と呼ばれる連中のおかげで、ライブは体裁を保っていた。が、その生徒会に対し絶大な影響力を持つ苅田先生が会場のど真ん中で目を光らせているだけに、ぼくらのバンドへの声援はほとんど期待できないだろう。

ステージ脇。ぼくらは軽く円陣を組んだ。あいかわらず、わが姉は落ち着いていた。なぜか小脇に小さな段ボールを抱えていた。

「何それ」ぼくは尋ねた。

「内緒。まあお楽しみにってやつだな」と帆名はこたえた。

「はあ？」

「気にすんな。とにかく、ファイト一発」

と帆名が言い、ぼくらはひかえめに、「おお」と発した。帆名以外の三人は、顔バレ防止のため、用意したジェイソンのお面を被った。体型で人物を推測されるおそれもあるので、大きめのマントを着て全身を覆い隠し、手と足だけがかろうじて出るような格好にした。これで帆名以外のメンバーの正体はばれないだろう。ぼくらはあくまでも、謎のサポートメンバーである。

「おーい勇帆。お面とれよ。ジェイソン全然似合ってねえぞー」

順番がきて、ステージにあがると、ばかなクラスメートや部活の連中が、さっそくぼくの名前を叫んだ。おごそかに腕を組んでこちらをにらみつける苅田先生と目が合い、終わった……、と思った。一体なんのための覆面か、これじゃただの道化だ。

それぞれ配置につき、楽器を持ち、さあ演奏である。ぼくらがやるのは、たったの一曲だ。曲名はない。この一曲に、すべてではないが、そこそこ気持ちを込める。

大勢の観客を前にして、ギターの弦をおさえる指が震えている。不安そうなぼくの様子を察した帆名が素早く近づいてきて、「よし!」と力強く発しながら小突いた。

「まずはあたしが先陣を切るから、あとにつづけよ」

不思議と指の震えが止まる。

帆名のアカペラの歌い出しからはじまった。最初の歌が少し途切れたところで、ピアノとギターとドラムが同時に入る。ジャジャーン……。ふいに、ぼくはささやかな練習の日々を思い返した。

頓葉が仲間に加わって、回数はそれほど多くないが、なかなか充実した練習時間を過ごせたように思う。頓葉のドラムの腕前は思った以上で、明日香も絶賛していた。ぼくや帆名に褒められてもさほど表情を変えない頓葉だが、明日香に「うまい！」と言われたときは露骨に頬を赤らめていた。本番前日は決起集会ということで、近くのラーメン屋にいった。帆名は自分の味噌ラーメンのもやしをすべてぼくのラーメンの上に載せ、そして頓葉は、ぼくの残したもやしをすべて食べてくれた。明日香はその様子を見て心底楽しそうに笑い、「ああ楽しー。カメラ持ってくればよかったなあ。まあいいや、明日いっぱい写真撮ろうっと」とつぶやき、目尻を拭った。

本番は、どうなるかわからない。「ＶＳ苅田」というテーマがあって結成した即席バンドだが――たとえそれが失敗に終わろうとも、また来年やりたいな、とぼくは素直に思った。もちろん同じメンバーで。

「ヴォー、バオー、ガアー」

瞬間、鳴り響いた雑音に、ぼくの甘ったるい回想はあっというまに打ち消された。

帆名の歌だ、とすぐにわかった。耳をふさぎたくなるような、強烈な濁声。ぼくは表情を歪めた。あれほど念を押したのに、なぜこの本番で……。

普段からパンクやハードな音楽を好む帆名は、歌声もそれに似せる傾向があった。とくに気分が乗ると、確実に出る。ぼくは何度となく、「普通に歌えよ。それじゃ何をいってるのか全然わかんない」と指摘したが、帆名に自重する意思はあまり見られなかった。

「歌詞が伝わらなきゃ意味ないだろ。なんのためのＶＳ苅田だよ」

「うっせえな。わかってるよ。本番はちゃんとやる」

「練習もちゃんとできないやつが、本番にちゃんとできるわけないだろ」

「部活の顧問か、おまえは」帆名は鼻で笑った。「それに、いざとなれば……」

「なんだよ？」

「こっちの話」

そしてこの本番――帆名は案の定、「人に伝える」ということを放棄して、デスボイスで歌いたいという自分の気分を優先したのだった。

「ゴオー、ドオー、ヴォウヴォウヴォー」

会場の真ん中にいる苅田先生が、にやりと笑った。馬鹿にした、見下した、そして心底呆れたような笑みだった。

ぼくは帆名に憤りを覚え、ちゃんと歌えよと蹴りを食らわせてやろうとギターを弾きながら近づいた。すると帆名はぼくをちらと見て、不敵に微笑んだ。それから小脇に抱えていた小さな段ボールを足元に置くと、蓋を開け、中から何かを取り出した。

紙飛行機だった――。

帆名は段ボールの中から次々と紙飛行機を取り出すと、観客に向かってビュンビュン投げ飛ばしていった。紙飛行機は多くの生徒の元へとどき、苅田先生の手にも渡った。

「歌詞カード。読め」

帆名はデスボイスの歌にまじらせながら、そう言った。

受け取った多くの生徒が紙飛行機を広げ、そこに書かれている歌詞を読み、苅田先生をちらちらと見やりながら、くすくすと笑い出した。一応、理路整然とした悪口が書かれているはずだ。

当然、苅田先生も読みはじめた。そして彼は真っ赤な顔で即座にそれを破り捨て、大きく手をあげて怒鳴り出した。「やめろ！　聴き苦しい、演奏中止、やめろ」

　観客の視線が、苅田先生に集まった。

「ふざけた歌詞カードをばらまいて……いい加減にしろ。真剣にやる気がないならステージから降りろ。観客にもほかのバンドにも失礼だ。即刻中断して会場から出ていけ」

　苅田先生の怒号の前に、ぼくらの演奏は力なく止まった。帆名だけがさほど動じず、何か言いたげに苅田先生をにらみつけているが、冗談が通じるような空気ではなくなった。場内はシーンと静まり返ってしまった。

　苅田先生はゆっくりと近づいて、「おまえら、そのお面をとれ」と言った。彼はまずぼくを指さした。「おまえ、里居の弟だろ。ほら、お面とれ。それから、集まってくれたみんなに謝罪しろ。真剣にやらなかった罰だ」

　勘弁してくれ……。

　しかし、ぼくより先にジェイソンのお面をとった人物がいた。頓葉だ。

　唐突に立ちあがり、お面とマントを同時に脱ぎ捨てた頓葉は、ふたたびドラムの椅子に腰掛けると、そのままドンパン、ドンパンと激しく叩きはじめた。突然あらわれた頓葉の「顔」に、苅田先生はあんぐりと口を開けて驚いた。「頓葉……。おまえ、なぜ」

　頓葉はかまわずにドラムを叩きつづけた。

「おい頓葉！」苅田先生が再度、怒鳴った。「おまえ、何をやってる！　やめろ！」

「……やめません！」今度は頓葉が叫んだ。彼は泣いていた。「絶対にやめない。僕は、僕は、苅田先生が嫌いです！　先生のような大人には、絶対になりたくない！」

うおー。頓葉のドラムはさらに激しさを増した。ぼくは唖然としつつ、まずは明日香のほうに目を向けた。彼女は愛すべき天然系女子の仕草そのままに、じつに可愛らしく肩をすくめてみせた。そして、当然のようにピアノの演奏を再開した。もちろん、それにあわせて帆名も歌い出した。

「苅田イエイ。ラララ。ここからがスタート。今度は生徒に好かれましょう」

彼女はデスボイスをやめ、適当な歌詞を口ずさんだ。ウワーッと泣きわめく頓葉を眺めながら、ぼくはただ、ギターをじゃかじゃかと鳴らしていた。

苅田先生は表情を歪め、「おまえら放課後、職員室にこい！」とだけ言うと、なかば逃げるようにその場を去った。観客の手拍子はひかえめだったが、一応、演奏が終わるまでつづいた。

「いまは嫌だ、って思ったんだ」

放課後、職員室で待ち受ける苅田先生を無視して、ぼくらは学校を出た。文化祭の後片付けは翌日以降で、この日はお祭りの余韻を残したまま帰ることができた。帆名と明日香は打ち上げでクレープを食べにいくのだと言い、途中で別れた。ぼくと頓葉も誘われたが、ちょうど男同士で話したいこともあったので、遠慮した。

帰り道、なぜぼくらのバンドに参加しようと思ったのかをあらためて頓葉に尋ねると、彼はこう言った。

「僕のお父さんは、会社の駒でいつづけるかぎり安泰で、だからこそ家族を守っていられるっていってた。その考えや教えを否定するつもりはないんだ。僕だって、いつかそういう日がやってくるかもしれないし。大きな傘の下で、強い人に従って、ひとつの駒として生きるだけの日々――だからこそ、自分や大切な人を守っていられる。そういうのも悪くない、いつかやってくるなら、ちゃんと受け入れようって思ってるんだ。でも……」

　頓葉は顔をあげ、小さく喉を鳴らした。

「でも、いまは嫌だ、って思った。いまだけは嫌だって。いつかそういう日がくるとしてもさ。いまは誰の傘の下にも入りたくないし、どれだけ強い人でも、好きじゃなきゃ一緒にいたくない。だって僕ら、まだ中学二年生だよ？」

「まあな」

「きみのきょうだいを見ていて、そう思ったんだ」

　頓葉はそう言った。

「帆名を？」

「あんなに乱暴で、勝手で、自我まる出しで生きているのに、不思議とまったく孤立してないんだもん。僕も見習わなきゃ、って」

「それで、おれたちのバンドに？」

「うん」

　不思議な気分だった。頓葉の言葉がまるで自分の本心を代弁しているような気がして、胸の奥がちくりと痛んだ。

「文化祭、楽しかったな。演奏は最悪だったけど」ぼくは鼻をこすった。

「また来年、やりたいね」

「課題はボーカルと……あと、やっぱりベース！　ないと寂しいって」

「いまいち迫力も出ないしね」

「勝負の、来年だ」

道路脇に目を向けると、一匹の三毛猫がたたずんでいた。陽が陰りはじめ、かすかに漂ってきた雨の気配から逃げるように、その猫は消え去った。孤独だろうか。それとも子猫が待っている場所へ帰るのだろうか。

なんにしても明日は来るだろう。ぼくらも同じだ。

4　革命遊戯

二〇〇二年の三月、ぼくは中学校を卒業したのだが、この年の卒業式で隕石が落下した。もちろん、これは「もののたとえ」であって本当に隕石が落ちたというわけではない。それくらい大きな出来事があったという意味だが、なぜこんな突飛な比喩が浸透したのかというと、卒業式に出席した生徒の保護者たちが、町のいたるところで、「ほんとに突然のことでね、隕石が落ちたみたいな衝撃だったのよ」と言いまくったからだ。この衝撃的な出来事の余波はそこそこ広がり、しばらくのあいだ地元の町をざわめかせた。

隕石が落ちた。当然それによって負傷した人間も何人かいるわけだが、もちろんこの「負傷」も比喩である。ただ、それでも傷を負ったことにかわりはない。体だろうと心だろうと、傷は傷だ。

かくいうぼくも、その隕石の被害を受けた人間の一人だ。少なくとも周囲はそう認識してくれて、みな当時、多少の同情も寄せてくれた。しかしながらその同情の奥に好奇の光が隠れていたことは、言うまでもない。

隕石が落ちてくる数十分前――。式場は例年どおり堅苦しい空気に包まれていた。体育館は寒く、大人たちの話も無駄に長い。周囲の咳払いや洟をすする音も心なしかひかえめだった。

ぼくは気分転換に首を回し、ついでにほかの卒業生をチラリと見やった。最後に目立ってやろうと茶髪にしてきたやつも何人かいた。彼らは即刻、教員たちに叱られ、想定内と言わんばかりに用意されていた黒染めスプレーを吹きかけられ、なので実際は茶髪ではなく、黒光りを帯びた奇妙な頭部を目立たせていた。問題児はほかにもいて、彼らは登校時、「抑圧された感情の解放」などと言って校門前で堂々と煙草を吹かした。当然、みな教員たちにつかまって説教をくらい、解放とは程遠い仏頂面で卒業式に出ることになった。

学年主任の苅田先生は刈りあげたばかりの頭をなでながら、ステージだけを見ていた。卒業生——自分が三年間、束ねてきた生徒の旅立ちにはあまり関心がないようだ。彼の過激な威圧と生徒に対する支配欲は結局、三年間つづかなかった。二年生が終わるころに突然、飽きたように生徒に対して無関心になり、自身の支配下に置いていた生徒たちもあっさりと解放した。以来、誰がどこでどんな問題を起こそうと、必要以上に首を突っ込まなくなり、生徒を見やる瞳にも輝きがなくなり、牙を抜かれた虎のようにおとなしくなった。何か明確な原因や理由があったわけではないらしい。私生活でもっと重要な関心事ができたか、たんに面倒臭くなっただけか。なんにせよ、生徒からすればいい迷惑でしかなかった先生だが、彼が「敵」となることで新たにできた「味方」もたくさんいたので、そういう意味では感謝していた。

式は順調に進み、そろそろ卒業証書の授与が近づいてきた。卒業生はそれぞれ名前を呼ばれ、壇上でそれを受けとるのが通例だが、この「名前を呼ばれたとき」の返事にかんして、前日に友人たちと話し合った。何人かは、大きな声で格好よく、できるだけセクシーに「はい！」と叫ぶつもりだと語った。彼らは、その返事の良し悪しが式後の青春に大きく影響すると信じているようだった。たとえば、「センパイ、第二ボタンください」だとか「○○君、ずっと好きだったの。これからも……」など、つまり多くの男子はそういう甘ったるい展開に淡い期待を寄せていたわけだ。実際、青春は三年間の積み重ねであって返事ひとつで何かが変わるはずもないのだが、それでも彼らは最後の悪あがきのように、喉の調子を整えながら卒業証書の授与を待っていた。

ぼくは、どうだろう。

じつはこのとき、ぼくの感情は大きく乱れていて、なかなか不安定な状態にあった。なぜあんな……。思い返すたびに心底なさけなくなる。ぼくはこの数ヵ月のあいだに起こった出来事を回想し、となりに聞こえない程度に、ため息と舌打ちをくりかえした。

不安、憂鬱、いらだち……。胸をぐちゃぐちゃにかき乱す、負の渦。濁った感情はどんどん内側に潜っていく。ぼくは少しばかり心の内紛に気をとられていて、そのため、外部からの攻撃に対してほとんど無防備だったのである。つまり、このあと突然落ちてきた隕石に対処するすべは、何ひとつなかったのだ。

＊

十一月の下旬。夜、ぼくは物憂い気分で自室の勉強机の上に突っ伏していた。

帆名は中三になると同時に「きょうだいの部屋」を出て、二階の奥にある物置部屋をみずから大掃除して一人部屋に改装し、そちらへ移動した。L字型という少し変わったつくりで、ベッドとテーブルを置いただけで歩くのも苦労するほど狭くなる部屋だが、本人はそれなりに気に入っている様子だ。ぼくとしては帆名がこの部屋を出たことで、かわりに広々とした「自分の部屋」が手に入ったので、万々歳だった。あとは気まぐれで、「あたしの部屋と交換しろ」などと言われないことを願う。

時期は中三の二学期の終盤。ぼくは来月早々にある三者面談のことを考え、憂鬱な気分にさいなまれていた。中学生最後の冬休み、その前におこなわれる三者面談の内容といえば主に、「で、きみは高校どうするの？」である。自分の学力レベルに合った高校へいくか、それとも、がんばって勉強して自分の学力レベル以上の高校を目指すか。この二択を前に、ぼくはボサボサの頭を抱えていたわけだ。中三のこの時期にまだそんなこと言ってんのかよ、と呆れかえる同級生もやはりいたが、自分自身、この悩みがこれほど大きく膨張し、長引くとは思いもしなかったのだ。

親しい友人たちのほとんどは、相応の高校へいくと話していた。彼らの目指す高校は大抵、ぼくにとって「格上」になる。友人——満や頓葉、そして小町明日香といった面々だ。この三人は学年の中でも特別優秀で、県内でも指折りの名門校（以下、A高校）を目指すと話していた。ちなみに帆名もこのA高校志望者の一人だが、あいつのことはどうでもいいし、高校で別れるならむしろラッキーだろう。

——通う高校がちがうからといって、終わるような友情じゃない。

ずっとそういう気持ちでいたのだが、段々と卒業が近づくにつれ、それも怪しいような気がしてきた。もちろん現状彼らはぼくを友人だと思ってくれているし、たとえ学校が別々になっても関係は変わらずにつづいていくよ、という態度でいてくれる。が、実際はどうなのだろう。最近、休日などに彼らを誘って一緒にカラオケにいっても、彼らは歌うことも忘れてA高校の話ばかりしている。ぼくが藤井フミヤの名曲を気持ちよく歌っているその横で、あの学校はこんな変わった授業がある、とか、あの学校の先輩はこんな面白そうな活動をしている、などと和気藹々と談笑している。いっときではあるが、ぼくは蚊帳の外になる。そして高校生になれば、それは「いっとき」ではなく「日常」になる。そんな日常の中に変わらぬ友情など本当に存在するのだろうかと、つい疑ってしまうのだ。

　そんな不安な思いを正直に満に打ち明けてみると、彼はこんなふうにこたえた。

「勇帆がどの高校にいってもぼくたちの関係は変わんないよ。ただ、友達関係だけで高校を選ぶのはやっぱりちがうと思うね。勇帆自身が将来どういう道に進みたいのかちゃんと考えて、そのうえで高校も選ぶべきじゃないかな。で、たとえその選択がぼくたちとちがうものになっても、この友情は変わんないぞ、と。そういうこと」

　満はさらなる難題を投げつけてきた。将来の方向性……。なんじゃそりゃ、と思った。将来、自分がどうなりたいかなど、まだ少しも考えていなかった。もちろん、まわりには将来の夢や就きたい仕事をすでに明確にしている同級生もたくさんいたし、その中にはしっかりと現実味を帯びているものもあった。とはいえ、やはりそれ以上に「将来なんてまだ不明」と考えている連中のほうが多く、ぼくもその中に埋もれる一人として将来への意識をかき消していた。

　――将来のビジョンがあいまい、か。

　こんなとき、帆名の意見はなるべく聞きたくない。無関心なくせに痛烈。聞いたところで嫌な気分になるだけだろう。が、嫌な気分になりながらも、ハッと胸を突かれることも多いのが彼女の言葉の特徴である。ということで、あまり気が進まないながらも、ぼくは深夜零時ごろ、帆名の部屋のドアを叩いた。

「無理してレベルの高い学校にいっても、あとがしんどいだけだろ。ヒーヒーいいながら高校生活を送りたいの？　自分にあった場所で、自分にあった連中とつるむのが一番。その結果いまの友達を失っても、まあ、しょうがないね。そういうもんじゃん、大概」

と、帆名はあっけらかんと言った。

「ここで楽な道を選んだら、あとで後悔するかもしれないだろ。あのとき、もっとがんばっていればよかった、って」

「そう思うんなら、がんばれば」

「おまえがおれの立場なら、どうするんだよ、帆名？」

「だから、あたしなら楽な道を選ぶって。自分にあった学校にいくし、背伸びしないでいい将来を目指すけどね」

「あとで後悔してもか？」

「ていうか、あんたのいう後悔って何？」

むっ、とぼくは思わず口ごもった。

「あのときもっと努力してレベルの高い高校にいっていれば、今頃いい大学に入って、いい会社に就職できたのになあって、将来フリーターでもしながら考えちゃうってこと？　だとしたら、それは後悔じゃなくて、ただ他人を羨ましがってるだけじゃないの」

むむっ、とぼくはさらに口ごもった。

「そもそも友達とかどうでもいいし。誰ともくらべないで、自分の欲しいものをちゃんと考えてみれば」

ぼくは自室へ戻り、ふたたび勉強机の上に突っ伏した。結局、帆名の言わんとしていることは満と同じだった。目指す方向、欲しいもの、自分の気持ち……。これらが現状、「不明」なのは充分にわかっている。わかっているのだけれど、その答えがどこにあるのか、さっぱりわからなかった。

ぼくはため息をつき、机の抽斗(ひきだし)から一枚のメモ用紙を取り出した。先日、たまたま見ていたローカルテレビの情報番組の途中で紹介されていた――。なぜこんなものをメモしたのか。ただの気まぐれだ。どうするつもりもない。そのうちくしゃくしゃに丸め、ゴミ箱に捨てるだろう。無意味なメモだ。それでも、最近はたまにこいつを取り出して、ぼんやりと眺めていたりする。

深夜一時前、ふいに階下のリビングから派手な衝撃音が響いてきた。棚が倒れた？　食器が壊れた？　ぼくは驚きつつ、素早く腰を浮かせると、おそるおそる自室を出て階下へ向かった。リビングに入ると、

「……あ、勇帆。えっと、なんでもないのよ。お母さん、ちょっと転んだの。ごめんね、驚かせちゃって。早く寝なさい」

母がリビングの床に倒れ、震える声でそう言った。そんな母を見下ろすように、すぐ近くには父が立っていて、どこか物々しい雰囲気だった。父は険しい目でぼくを一瞥し、まだ起きてたのか早く寝ろ、と早口で言った。

「転んだの？　大丈夫？」

ぼくは母に近寄って抱き起こそうとした。が、なぜか母の脚は重い何かに挟まれてしまったかのように、ぴくりとも動かない。ぼくはふいに息苦しくなる。思わず咳き込みながら、今度はしっかりと力を込めて母の体を引っ張り上げ、なんとか立たせた。

「腰、ぶつけちゃった。でも大丈夫。たいしたことないから」

言いながら、母は腰ではなく頭をなでた。父はふらつく母を見やり、いまいましげに舌打ちをした。

「……何かあったの？」ぼくは尋ねた。

「おまえには関係ない」父がぴしゃりと言った。「これは夫婦の問題だ」

「夫婦の問題って、やっぱり何かあったの？」

「何もないのよ」

母は必死の形相で否定した。それから今度は父のほうを向き、「あなたは黙ってて。よけいなことはいわないで」

「なんだその言い方は」父は眉をつりあげ、母をにらんだ。「そもそも誰のせいでこうなったと思ってるんだ」

「わかってます。でも子供には関係ないでしょう。だから、何もいわないでください」

「俺はまだ何もいってない。おまえが一人で、あたふたしているだけだ」

父はいまにも母を殴りつけそうな勢いで、詰め寄った。母はワーワー言いながらも次なる父の行動に怯えているようだった。それを見て察した。父はいまにも母を殴りつけそうな勢い……と思ったが、もしかしたら、もう殴ったのかもしれない。だから母は派手に転んだ。つまり先ほどの派手な物音は、家庭内暴力の音だった。

「……も、もう寝るよ」ぼくはそう言うと逃げるようにリビングを出て、二階へ駆けあがった。

そのままノックなしで帆名の部屋に飛び込んだ。

　帆名はまだ起きていて、小さなソファの上から漫画本越しにぼくを見た。

「ノックしろよ」帆名は顔をしかめた。「で、何？」

「お父さんとお母さんが喧嘩してた。たぶん、お父さんはお母さんを殴ってた」

「で？」

「で、じゃないだろ！」ぼくは声を張った。「家庭内暴力だぞ、これ。お父さんは何を考えてんだよ、お母さんも一体何をしたんだよ。殴るほうも殴られるほうも、絶対おかしいよ。おまえ、なんか知ってる？」

「知らない」帆名はのんきな口調で言った。「ていうか落ち着けよ、勇帆。あんたの早とちりじゃないの。たぶん、ってことは、暴力の場面を直接見たわけじゃないんだろ」

「そうだけど、見なくてもわかるよ。それくらい異様な雰囲気だったんだから」

「へえ」帆名は我関せずを宣言するかのように、そっぽを向いた。

「くそ。役立たず」ぼくは落ち着きのない小動物のようにあわてていた。「なんとかしないと……」

「なんとかするって、何すんの？」

「そんなのわかんないよ。でも、止める。仲直りさせる」

「ただの夫婦喧嘩だろ。子供が口を挟むことじゃないよ」

「お父さんは、転ぶほど強くお母さんを殴ったんだよ。そんなの異常だろ。何かあってからじゃ遅いんだよ！」

「お父さんがDV事件って？」帆名は笑った。「ないない。あの人はこういう問題を絶対に表には出さないよ。世間体第一じゃん。だから、何も心配いらないって」

ぼくは呆然とした。帆名の答えがあまりにも的外れだったので、口論する気も失せた。

「わかった。もういい。おまえなんかには頼らない。お父さんとお母さんのことは、おれが一人でなんとかする」

「お好きに」帆名はソファの上から足を突き出して、ぼくを部屋から追い出した。


次の夫婦喧嘩は早くも三日後に起きた。深夜三時ごろだ。またしても階下から大きな物音が響き、ぼくはハッと目覚めた。眠い目をこすりながらも、ベッドから這い出ると階下へ向かい、リビングに入った。そして家庭内暴力の決定的場面を目撃した。背中を丸めて床に伏せる母を、父が強く蹴りあげていた。男が女に暴力を振るっている。許されるわけがない。ぼくは父に対する怒りと幻滅、そして悲しみをぶつけるように、即座に二人のあいだに割って入った。「やめろよっ」

お父さん何やってんだよ、一体どうしちゃったんだよ、なんでお母さんに乱暴するんだよ、絶対おかしいよ！

叫ぶようにまくし立てると、ぼくは床に伏せる母をかばうように仁王立ちした。母は痛みなのか恐れなのかわからないが、背中を激しく震わせて泣いている。父のほうは大きく肩を上下させながら、荒々しい鼻息を吐き出し、憤りに満ちた視線を母だけに向けていた。

「お母さんは、ほかに男ができたんだ」父は口早にこたえた。

「男？」乾いた声が出た。

やめて言わないでください、と母は弱々しくつぶやいたが、父は意に介さなかった。これが制裁だ、と言わんばかりに。

「そうだ。お母さんは、お父さん以外の男の人と浮気した。しかも真剣に付き合っているそうだ。家族のために即刻別れろと俺はいったが、お母さんは別れない、とこたえた。離婚も考えているそうだ。それはつまり、家族を捨ててもいいということだ。勇帆、おまえはどう思う？　俺はお母さんは間違っていると思う。馬鹿げていると思う。なんとかして正さなくては、と。だから」

――暴力を振るった。

それは善悪で言うと、一体どっちになるのだろう？　冷静に考えればすぐにでもわかりそうな疑問なのに、この瞬間、ぼくは両親二人の発する異様な空気に呑み込まれ、まともに考えることができなかった。

「……勇帆、ごめんね」母は痛む背中をおさえながら立ちあがった。「これは夫婦の問題だから。ちゃんとお父さんと話し合って解決するから。あなたたち……そう、帆名もね、二人とも何も心配しなくていいからね。お母さんが、あなたたちを捨てるなんてことは、絶対にないから」

父はうんざりしたように長いため息をつき、灰皿の置かれたテーブルのほうへ歩いていった。ぼくは夜中に目覚めた目を真っ赤にして、うつむいた。母に促されるまま、リビングを出ようとした。

しかし、リビングを出る瞬間、母はぼくの肩にそっと手を置いて、

「ところで勇帆、来月、三者面談でしょう。高校どうするか、ちゃんと決めたの？」

困惑した。こんなときに一体なにを……。お父さんとお母さんの問題は、おれたち家族の問題でもある。なのにどうして、その問題を後回しにして、おれの高校の話が出てくるんだよ？

「たしか勇帆は」父がリビングの窓際で煙草を吸いながら、言った。「A高校とB高校で迷ってるんだったな。なら、A高校にしなさい。いまは厳しくても、死ぬ気で勉強すれば、なんとかなるだろう」

父まで、先ほどの大喧嘩をなかったことにするかのように、平坦な口調で息子の進路の話に切りかえた。子供はいつも蚊帳の外。なのに、大人は自分の都合と気分で、蚊帳の外の子供に首輪をつける。

ばかにすんな！　とぼくは叫びたかった。実際に叫ばないところが、自分の忌むべき性格なのだが。

翌朝も、何事もなかったかのように家族で朝食をとった。あいかわらず、父は黙ってテレビのニュースを眺めているし、母は子供たちにしか話しかけないし、帆名は別段急いでいるわけでもないのに早食いで、ぼくはそんなみんなを平等に気遣いながら、冗談を言ったり相槌を打ったりしていた。

「勇帆」ふいに父が言った。「現時点でのおまえの実力で、A高校の合格率はどれくらいなんだ？」

「ゼロに近いよ」実際は三十パーセントくらいだが、面倒臭かったのでそう言った。

「そうか。だがゼロじゃないんだろう。なら、昨晩もいったが死ぬ気でやりなさい。一応滑り止めに、私立も受ければいいから」

ぼくは何もこたえなかった。こたえたくなかった。父が本当に話すべきことは、それではないと思ったから。

「大丈夫」今度は母が穏やかに微笑んだ。「たとえ受からなくても、必死になって勉強したっていう事実は残るし、それはきっと今後の勇帆のためになるから」

母にしてもそうだ。浮気した、ほかに男をつくった、離婚も考えている。昨夜の父の言葉を思い返すたび、ぼくはみぞおちに鈍い痛みを感じる。そのことを家族の前でちゃんと話せ、と思う。いつも感情を表に出さず、こんな大事なときでさえ、何も表に出さない。そんな母に対し、ぼくは言いようのない憤りを覚えた。

「あたし、九十五パーだよ」と、帆名が言った。

「何がだ」父が怪訝そうに首をかしげた。

「A高校の合格率」

「そうか。がんばれ」

父の素っ気ない態度を皮肉るように、帆名は「わーお。ありがとうパパ。大好き！」と甲高い声をあげ、芝居臭い笑みを浮かべた。父は極力、帆名と関わらないようにしているようだった。下手に触って火傷したくないのだろう。

「お母さんの浮気相手、大学時代のモトカレだってさ」

家を出て、最寄りの駅で電車を待っているとき、帆名が唐突にそう言った。

「なんで知ってるんだよ。何も知らないいっていってたくせに」

「この前、ひさしぶりにデパートの買い物に付き合ってあげたんだ。で、そのいき帰りの車の中で、お母さんから全部聞いた」

「じゃ、お父さんの暴力のことも、最初から知ってたのか?」

「それは知らない。お父さんと話し合ってることは知ってたけど、そのときはまだ暴力は振るわれてなかったみたいだね。お父さんの暴力にかんしては、最近の話だよ」

「なんでお母さんは、おまえにだけ話したんだよ?」

母だって帆名が相手なら、女同士の秘密の会話、という感じでもなかっただろうに。

「さあね。もしかしたら、あの人、あたしのことを火星人だとでも思ってんじゃないの。何をいっても通じないと思って安心して、となりでペラペラとしゃべってたよ。これは浮気じゃないの、そんな軽い話じゃないの、大学時代のモトカレで当時は結婚も考えていたの、大恋愛だったの、だけど彼は当時ミュージカル俳優という大きな夢を目指していて、つまり現実感がまるでなかった、将来が不安定で結婚どころじゃなくて、泣く泣く別れたのよ——。だとさ。で、その夢見る夢子野郎がとうとう夢を叶えて本物のミュージカル俳優になり、地方公演のため新潟に帰ってきましたと。ついでに昔懐かしの恋人に接触して、お互いいい年して分別もわきまえずあっさり再燃、ってわけ」

「なるほど」ぼくは半分しらけた口調で、言った。「よくある話だよな。月9みたい。いや昼ドラのほうか。ていうか、それ本当の話? お母さんの妄想じゃないの?」

「マジだよ。最近二人で撮ったっていう写真も見せてもらったから。ギャルがよくやる横ピースの写真。この前、忙しい合間をぬって二人で遊園地にいってきたんだって」

ここで帆名は吹き出した。「ごめん。ずっと笑いこらえてた。やばいよな、お母さん。まあ、それに激怒してるお父さんはもっとやばいけど」

こいつ最低だな、と思った。家族の問題を一体なんだと考えているのか。

「何が大恋愛だか」帆名は笑いまじりに吐き捨てた。「夢見る男の不安定さに愛想をつかして、安定を絵に描いたような男と一緒になったくせに、その安定に退屈や息苦しさを感じたら、今度はまた昔の男のところに駆け戻る。それも、夢を叶えたころを見計らってね。まったく、おとなしい顔して贅沢な人生を送ってるよ、うちのお母さん」

「痛烈だなあ。帆名もしかして、お父さん派？」

「どっち派でもないよ。家族といっても、しょせん違う人間同士だし。どうぞご勝手にって感じ。ただ、嫌いでも、自立できる年になるまで親に面倒を見てもらわなきゃいけないってのが、悩ましいね」

踏切の音が鳴り、ほどなくして電車が到着した。ぼくと帆名は電車に乗り込むと即座に別れ、それぞれの友人の待つ席に向かった。

もうすぐ三者面談か。ぼくは友人たちに「おーす、おはよ」と言いながら、ぼんやり考えた。高校、将来……。先ほど帆名の口にした言葉が胸を突く。いままでの人生の中でもっとも強く、「自立」を意識した瞬間だった。


「B高校にします」

三者面談の日、ぼくは担任の先生にそう言った。となりで「え？」と首をひねった母は、そのままぼくのほうを向いて困惑の表情を浮かべた。担任の先生は、ぼくと母のあいだに流れる微妙な空気には気づかず、当然のようにうなずいた。

「そうですね。B高校なら、問題ないと思います」

「ちょっと、勇帆……」母は忙(せわ)しなく手を揉み、言う。「A高校じゃなかったの？」

「えっ」先生は肩をびくつかせた。「A高校ですか？　それは、えーと、いまの勇帆君の成績だと……」

「はい。わかってます」ぼくは母を無視し、先生だけを見て言った。「だからB高校でお願いします」

「いいの？」母は不満を示すように語調を強めた。

「いいも何も、おれは最初からA高校にするなんて一言もいってないけど」

ぴしゃりと言いかえした。母はかすかにのけぞり、つんと口を尖らせた。担任の先生はようやく、母と子のあいだに流れる殺伐とした空気に気づいたようで、小さく苦笑した。

その日の夜、ぼくがB高校の受験を選んだことを知った父は、ろくに理由も聞かず、さっそくぼくを無視しはじめた。いつからか、父は気にくわないことがあると怒鳴るよりも先に黙り込むようになった。こうなると、しばらくは何を言おうと無反応だ。自分を不機嫌にさせた相手を徹底的に無視し、怒りを思い知らせるのが近年の父のやり方だった。

かまうもんか、と思った。

先に裏切ったのはあっちだろう。父も母も、想像以上に視界がぼやけていて、心が濁っているのだ。だから家族のことも子供のことも、何も見えていない。凝り固まった自我の剣を「親」や「大人」といった肩書きに甘えてブンブンと振り回しているにすぎない。そんな連中に従う道理なんかない。ぼくはいつになく強気な態度をとった。

こうして、ぼくははじめて両親から離れて生きることを強く意識したのだった。夕食後に自室へ引っ込むと、さっそく勉強机の抽斗の中から例のメモ用紙を取り出した。

――十代クリエーターコンテスト。

先日、ローカルテレビの番組で紹介されていたものだ。地元新潟の魅力を伝えるという内容を主とした情報番組で、一応、県内では知らぬ者はいない長寿番組でもある。翌年早々に恒例のスペシャルがあり、その企画の一環として、今回初の十代限定のクリエーターコンテストをおこなうらしい。企画タイトルは、「未来へ羽ばたく若きクリエーターの卵たちを発掘せよ！」であり、さらにサブタイトルとして、「頼む！　将来有名になって新潟を盛りあげてくれ！」と、さりげなく付け加えてあった。

ぼくはテレビを通して偶然この情報を目にし、素早くメモした。そのあと少し恥ずかしくなって、メモした紙を机の中に仕舞ったのだった。

それをこの日、ふたたび取り出して眺めた。

クリエーターコンテスト。応募部門は大まかに分けて二つ。作曲部門と作詞部門。つまり楽曲づくりのコンテストである。作品のテーマに制限はないが、十代限定と銘打っているので、そういう意味で「等身大」の作品が好ましい、と番組内でタレントが話していた。恋愛、友情、応援、風刺、ドメスティック、と基本「なんでもこい」だが、とにかく「いまの君にしかつくれないもの」という作品を待ち望んでいる。もちろん部門分けに縛られず、一人で作詞作曲の両方に挑戦してもいい。そのへんの規制はとくにない。さらに選ばれた曲と詞をくっつけてひとつの歌にし、その番組のテーマソングとして使うことも考えているというのだから、なかなか面倒見もいい。審査員は一応、「県内出身」という肩書きのある作曲家、シンガーソングライター、そして番組の名物プロデューサーの三名である。締切は年末、十二月二十九日。

ぼくはそのメモについで、ノートを一冊、取り出した。パラパラとめくってみる。拙い歌詞の羅列がノートにぎっしりとあった。こうして眺めていると、ときどき無性に恥ずかしくなるが、誰かに見せるものではないし、あるときは吐き出した感情をうまく形にできた喜びに浸れたりもする。

前年の文化祭のとき、帆名たちとバンドを結成してライブをやった。演奏したのはオリジナル楽曲で、「VS苅田」というテーマだったから、当然、苅田先生への不満を歌にして演奏した。そのときの楽曲づくりの話になるが――ことの発端である帆名が作詞作曲を担当したのだが、まともな音楽創作能力のない彼女の「メロディ」や「言葉」を、ちゃんと他人に伝わるものとして磨く必要があった。このメロディの研磨をピアノが得意な小町明日香が担当し、そして言葉のほうをぼくが請け負った。歌詞にかんしては、ぼくにしても特別な技術や才能があるわけではないので、うまく形にする自信はなかったが、それでも当人よりは客観的になれるぶん、ちゃんと人に伝わることを意識して磨くことができたと思う。そもそも当初、帆名は言いたいことが多すぎて、歌詞というよりもただの悪口の書き殴りのようになっていた。それをひとつひとつ、ぼくがしっかりとメロディに乗るように削ったり組み替えたり、書き直したりしたのだ。

その作業が思いのほか楽しかった。気持ちを言葉にし、さらにその言葉を歌詞につくりかえるという行為が、こんなふうに自分の心の痒い部分を引っ掻いてくれるだなんて、思いもしなかった。つまり、それがきっかけだ。ぼくは秘密の趣味として作詞をするようになり、ときどき思いついた言葉をノートに書きとめていた。が、誰かに見せることも何かの賞に応募することも、いままで一度も考えたことはない。軽はずみに公にして恥をかき、ささやかで心地いい趣味を、あっさりと苦いものに変えたくはなかったのだ。

しかし、そんな保守的な自分とも今日でサヨナラだ。

さっそく作詞用のノートを机の上に置いて、シャーペンを持つと、しばらくノートの白紙とにらみあった。何かいい言葉が降りてくるまで待っていたが、小一時間が経っても何も降りてこなかった。いつもはもっと自然に言葉が出てくるんだけどなあ、とぼくは頭を抱えた。コンテストに参加するという、いつもと異なる状況が、無意識に創作意欲を抑えこんでいるのかもしれない。

その週の日曜日、ぼくは気分転換にあてもなく外を歩いてみた。電車に乗り、町の中心部へいき、商店街やのどかな公園通りをだらだらと歩いた。すると不思議なことに、自室で悶々としていたときとはまるでちがう感覚におちいった。建物の隙間、汚れた飲食店の看板、駅前で騒いでいる不良集団、公園を走る犬、塀に隠れる猫、木の実をくわえるカラス、宙を舞う枯葉、すれ違うベビーカーを押す母親、そして生まれて間もない赤ん坊の小さくてやわらかそうな手が、ぼくに向かってふにゃふにゃと伸びてくる……。

「こんにちは」すれ違いざま若い母親が、ぼくに言う。

「あ、こんにちは。い、いい天気ですね」なぜかぎこちなくなる。

「そうですねえ」名も知らない母親は優しげな笑みを返した。「ほら、お兄ちゃんにバイバイして」

ベビーカーの中でもぞもぞと動く赤ん坊、その子の短い手がゆっくりとぼくに向かって伸び、弱々しく空を引っ掻くように揺れた。

「そうそう。バイバイ、ってね」

母親は赤ん坊に言い、それからぼくに向かって優しく会釈した。ぼくも同じように返した。そのとき、ほんの一瞬だけれど、なぜか目につくすべてが「言葉」に見えた。立てつづけに星形の強い光を視界の中心に見た気がした。

まさに神のお告げに従うように、ぼくは一目散に近くの公園へ駆け込んでベンチに座ると、持参してきたノートに今しがた浮かんだ言葉をすべて書きとめた。ほとんど衝動的に書いたので、雑な部分も生っぽい部分もたくさんあったが、それでも、いい言葉をつかみとることができた。これを磨いてちゃんとした詞の形にできれば……。

その作業は学校の授業中、休み時間、帰宅してからは夕食後、深夜、そして夢の中でもおこなわれた。Aメロ、Bメロ、そしてサビ。この三つの部分に当てはめる短い歌詞。楽曲にすれば一番のみ。しかし創作の過程でいつしかぼくは、その短い自作の詞に対して大きな感動を覚え、と同時にコンテストの優勝をほぼ確信するようになった。

気づけば、冬本番が近い季節になっていた。日中、薄暗い灰色の空から、ぱらぱらと白い大粒の雪が降ってくる情景を教室の窓から眺めていた。先生が冬休みの注意事項を説明している。二十四日と二十五日は先生たちも町を見回ってるからな、クリスマスだからって羽目を外すなよ、と。この日、中学最後の二学期が終わった。

　ぼくは友人とともに駅へ向かって歩いていた。明日香、満、頓葉というメンバーに加えて、ほか数人の生徒がまわりにいた。みな流行のダッフルコートに身を包み、マフラーをぐるぐると首に巻いて白い息を吐いている。

「冬休み何する？」「死ぬほどＦＦ10」「まだクリアしてないのかよ」「とっくにしたって。ロープレはクリアしてからが本番だろ」「極めるの？」「あたりまえじゃん」「受験勉強しろよ」

　はしゃぐ生徒の声にまぎれ、「Ｂ高校、受験するんだってね」と、小町明日香がぼくのほうを向いて言った。

「え」ぼくは半分うわの空で首をかしげた。

「だから、Ｂ高校受けるんでしょ、勇帆君。ナアちゃんから聞いたよ」

　おしゃべり帆名め。

「うん、そうなんだ。いろいろ悩んだけど、そう決めた」

「ホントに？　なんも聞いてないよ、僕たち」

　横から頓葉が若干不服そうに言った。

「Ｂ高校にした決め手はなんだったの？」

　明日香はうしろで結んだ髪の位置を少し気にしながら尋ねた。

「とくにないけど……」ぼくはこたえた。「ただ、やりたいことっていうか、目標っていうか、夢っていうか、そういうの見つけたから、高校とかとくにこだわらなくてもいいかなって思っただけ」

「夢っ」おお、と明日香はパッと瞳を輝かせた。そのとなりで頓葉がまたしても、僕たちなんも聞いてないよお、と不服そうに口を尖らせた。

「なになに？　聞かせてよ」明日香はお多福のような目でさらに近づいてきた。

「そのうちわかると思うぜ」

大胆発言だった。ぼくは自分で言いながら、少しばかり興奮した。

「どういう意味？」明日香は首をひねり、頓葉や満も興味深そうにぼくを見た。

「いいから楽しみにしてて。そのうち、あっと驚くようなかたちで教えるから」

心の中に一本、芯のある頑丈な柱ができると、いままで自分を苦しめていた不安や焦燥が嘘のように消えることを知った。ぼくは将来プロの作詞家になる、だから高校なんてどこでもいい、ついでに身勝手な親のこともどうでもいい、ぼくはとうとうゆずれないものを見つけた、それさえあれば、きっと強く生きていける、と。

好奇に満ちた友人たちの視線に気分をよくしながら、ぼくはそっと前を向いた。


できあがった歌詞をボールペンで丁寧に清書してから、規定どおり封筒に入れて近所の郵便ポストへ投げ込んだ。あとは翌年早々の結果発表を待つだけである。年末の町はなかなか騒がしく妙に浮き立った雰囲気を漂わせていたが、それでも、いまのぼくの高揚感には及ばないだろう。本当にいい詞ができた。思い返すだけで目尻が濡れてくる。たしかな期待感に胸が震える。

「あの男が、おまえとの将来を真剣に考えているると本気で思っているのか？」

　夕方、帰宅すると真っ先に父の怒鳴り声が聞こえてきた。父はこの日、例の不倫の件で朝から母ととことん話し合うと宣言していたが、まだ終わっていなかったようだ。

「私は……信じています」

　あの人を、と母は小声で言い足した。ちょうどぼくがリビングのドアを開けた瞬間のセリフで母も若干戸惑っていたが、とくにごまかす気もないようだ。

「よくわからん半端な俳優だろう」父はぼくの存在などまったく意に介さず、さらに語気を強めた。「なんだ、ミュージカルって。それで一生食べていけるのか。こんな世間知らずのバカな中年女を一人、養っていけるのか」

「あなたには関係ないでしょう。それは彼と私の問題なんですから」

　瞬間、カッと目を見開いた父は、蠅をとらえるような素早さで母の頰を叩いた。

「いいかげん目を覚ましなさい」父は切実に訴えるように言った。「おまえには夫がいる、子供たちもいる、世間に認められた立派な家庭がある。今更それを壊してなんになる？　ちゃんと現実を見なさい」

「現実を見ろって……」母は頰をおさえ、皮肉っぽい笑みを浮かべた。「その現実に、いつもあなたがいるのに？」

「どういう意味だ」

「あなたこそ、いいかげん気づいてください。彼と一緒になりたいだなんて、ただの口実にすぎない。私はあなたと別れたいだけなんです。こんな血の通わない夫婦生活は、もううんざり……」

母の強烈すぎる言葉を受け、父は息の根を止められたかのように黙り込んだ。ぼく自身もかなり滑稽な状態であることは認識していたが、もはやその場に呆然と立ち尽くすほかなかった。そのとき背後からくすくすと笑う声が聞こえ、振り向いた。帆名がいた。

「あの二人、なんで結婚したんだろうな」と、帆名は愉快そうにガムを嚙みながらぼくの耳元でつぶやいた。ばかばかしい、と。

でもさあの二人が結婚しなかったら、おれらはここにいないんだぜ、と思ったが、それを言葉にして吐き出すだけの気力がぼくの中にはなかった。

どうでもいい。関係ない。興味ねえ。そんな言葉を頭の中で絶え間なく巡らせた。解決しようと間に入っても弾き出されるだけだ、執着しても傷つくだけだ、それなら、みずから手放せばいい、親のことなんて、こっちから切り捨ててしまえばいい。

さいわい早々と親を見限った姉が身近にいるので、いい参考になる。ぼくは帆名を真似て父や母にあまり関心を向けないようにした。父と母はあの日の言い争い以来、お互いを徹底的に無視しあっている。目線すら向けない。とくに離婚の話が進んでいるようには見えないが、かといって修復へ向かうこともないだろう。ぼくができる唯一の行動は、この両親の冷酷な無視の応酬を邪魔しないこと、それだけだった。

「最近の若者は全体的にしらけたムードが漂っていますね。どうでもいい、関係ない、興味ない、という言葉を頻繁に使いたがり、何事にも無関心でいることが格好いいと勘違いしている。熱くならないで何が若者だ、と思いますけどね」

誰かがテレビでこんなことを言っても、ドライな若者を批判する前に自分たちの誠実さを疑え大人たちよ、と内心で反論した。

そもそも、ぼくは何事にも無関心というわけではない。唯一の関心事、とても大切な、たったひとつの希望がこの胸の中にある。作詞家への道。ぼくはその思いを、両親への反発心を主な栄養分にして、水面下で膨らましつづけていた。

冬休みの終盤。年も明け、新学期が迫っていた。同時に作詞応募の審査結果も近づいてくる。生放送の番組内ではじめて発表されるのか、それとも選ばれた人にだけ事前に連絡がいくのかどうか、よくわからなかった。胸の高鳴りは日毎に大きくなり、なかなか平常心を保つのがむずかしくなっていた。そんな奇妙に引きつったぼくの顔を見て、帆名は眉をひそめ、「何その顔……。猪木(いのき)みたい」と言った。このとき、自分は緊張すると無意識に顎がしゃくれてしまうことをはじめて知り、少し傷ついた。

とにかく、結果を知る日が来るまでは何事にも身が入らず、受験勉強あるいは新たな詞を書こうという気も起きなかった。プロの作詞家か……。あらためて考えると怖ろしくもあった。完全なる未知の世界だ。そこへド素人のぼくが足を踏み入れる、武器になるのは己の才能のみ、突然浴びるスポットライトにこの軟弱な精神はどこまで耐えられるだろうか。ぼくはもうすぐ世界に見つけられてしまう、その強大な反動に、はたして耐えられるだろうか。

そして発表の日――。

例の番組の生放送は予定どおりはじまった。地方タレントたちのにぎやかな声がスタジオ内に飛びかう。十代クリエーターコンテストの入選発表は番組の後半らしい。およそ三十分後……長すぎる。やきもきし、落ち着きなく何度もトイレに立った。さいわい親も帆名もこの日は出かけていて、自宅にはぼくしかいなかった。元々彼らと喜びを分かち合いたいとは考えていなかったし、もうしばらくは内緒にもしておきたかったので、好都合だった。

そして、ついに発表の瞬間がやってきた。ぼくの緊張は頂点に達していて、口の中はからからに乾き、握る拳にはじっとりとした汗がにじんでいた。テレビの中の審査員たちが真剣な面持ちで、絶妙な間をとりつつ、まずは激励賞と審査員特別賞に選ばれた作品、作者名を読みあげた。そして最後に、派手な効果音とともに、優秀賞を発表した。最初に作曲部門のほうを、ついで作詞部門の入選作を、つまり計六つの「選ばれた作品」を公表した。そのテンポのいい進行に、ぼくはしばし呆気にとられた。

ふと我に返ると、ぼくは自分が大きく空振りしていたことにようやく気づいた。ボールはとっくにキャッチャーミットにおさまっているのに、ホームランだと錯覚していつまでも場内スタンドのほうを眺めている、マヌケな選手……。

思わず両手で顔を覆い、病人めいたため息を吐いた。泣きたいのに涙が出ない。不思議な感覚だった。なんにせよ、それははじめて知る小さな挫折の味だった。

しかし、この三日後、事態は微妙な傾きを見せた。

例のローカル番組のテレビ局から、十代クリエーターコンテストの入選候補者へ宛てた手紙が、なぜかぼくのもとにとどいたのだ。その朝、母がポストから抜いて、これは一体何よ、と怪訝そうな顔でぼくに手渡してきた。面倒なので説明はしない。動揺しつつ封を切って手紙を取り出すと、さっそく読んでみた。

里居勇帆様
このたびは当番組が開催した『十代クリエーターコンテスト』に御参加いただき、心より感謝申し上げます。今回、里居様の作品が作詞部門で激励賞の候補となりました。事前確認のために御連絡させていただいたところ、里居様のほうから、今回のコンテストにかんしては辞退したいという意を受けまして、当番組としては誠に残念ながら、選外とさせていただきました。
今回、惜しくも入選を逃した候補作にかんしても、当番組審査員の選評をお送りすることに致しましたので、参考までに御確認ください。
『十代クリエーターコンテスト』は今後も継続していきたいコンテンツと考えておりますので、次の御参加を心待ちにしております。

手紙を一通り読み終えると、ぼくはあまりの衝撃で目が回りそうになった。激励賞候補……事前連絡……辞退……選評……。一体何がどうなっているのか、大きく深呼吸をしてから、冷静になって考えてみた。そうさ、こんなのすぐにわかる話だ。事前連絡と辞退。この二つの言葉で大体想像がつく。おそらくそういうことだ。

ぼくはすぐさまリビングに駆け込んで、いつもどおり物静かに朝食をとっている父を鋭くにらみつけた。

「……お父さん、これ」ぼくはたった今読んだ手紙を父の目の前に突き出した。

「なんだ」曇った表情が返ってくる。

「おれの……このコンテストの候補に残ったっていう事前連絡を受けたの、もしかしてお父さん?」

「そうだが」

「勝手に……辞退したの?」

父は口の中の食べ物をとりあえず全部飲み込んでから、ふーっと息をつき、あらためてぼくに向き直った。

「なあ勇帆。人に迷惑をかけないかぎり、おまえがどんな趣味を持とうが勝手だけどね、受験前のこの時期は少しひかえなさい。気分転換に詞を書くのも結構だが、遊び半分で妙なコンテストに参加するのはよくないな。突然電話がきて、生放送で実名公開の許可がどうとかいわれたから、おまえが恥をかく前に断っておいたんだ」

父の言葉が横殴りの暴風雨のようにぼくの心をかき乱した。

「おれは真剣に……」声が震えた。「プロの作詞家を目指していたんだよ」

すると父はかすかな笑みを浮かべ、

「まあ、おまえもまだ子供だからね。何かの影響でそういう妙な夢を抱いてしまう時期もあるだろう。だけど冷静になって考えてごらん。本当にプロの作詞家を目指したいなら、おまえがいまやるべきことは受験勉強だよ。まずはちゃんとした学校へいって、ちゃんとした社会性を身につけなさい。こんな田舎の得体の知れないコンテストに入選したところで何ひとつ道は開けないぞ。小学生の作文が地方新聞に載る程度のものだ。いいか勇帆、人生に近道はない、何事も地道にがんばれ。そうすれば、おのずと馬鹿な夢は消えて真っ当な現実が見えてくる。わかるな?」

最初に父の顔を見たときは、怒鳴りつけてわめきちらしてやろうと考えていたが、いまその怒りは驚くほどあっさりと消えうせ、ただただ悲しかった。ぼくはうつむいたまま静かに踵を返し、リビングを出た。帆名はあいかわらず我関せずでテレビを見ていたし、母は自分の不倫のことは棚上げし、こんなときだけお父さんの言うとおりよ、と言わんばかりの冷ややかな視線をぼくに向けていた。

ぼくは自室に閉じこもると、もう一度あらためてコンテストの入選候補者宛てに送られてきた手紙を開き、自分の書いた詞と、その選評を同時に眺めた。

どんな道の先にも、きっと光はある
歩く公園　すれちがう誰か　何気ない日常が教えてくれる
生まれたての瞳　幼くも器用に揺れる　それぞれの新しい手
教えてくれる　大切なすべてを

選評①／普通の日常や風景に感動するというテーマはいい。しかし作者の中学生（十五歳）という年齢を見たときに、これが等身大の言葉だとはどうしても思えない。既存の作品の影響を受けるのもいいが、まずは自分自身の本音と向き合ってほしい。
選評②／全体的にまとまっているが、パンチ力に欠ける。十代の一番の武器は大人にはくり出せない、荒削りの荒々しい右ストレートだと考えているので、そういう意味でこの作品はジャブにすらなっていない。十代が判定勝ちを狙ってどうする？

選評③／ほかの審査員とほぼ同意見です。熱量というか、自我というか、そういうのがほとんど感じられず、コンピューターが大衆受けしそうな言葉を分析して組み立てた、という印象を受けました。ただ、「それぞれの新しい手」というフレーズにはセンスを感じます。

あらためて読み返すまでもなく、何ひとつ褒められていないとわかった。最後に温情が少しだけ感じられる程度だ。応募前、自分の書いた詞に感動し、うるうると涙したことを思い出した。入選確実だ、おれには才能がある、驚き絶賛する大人たちの顔が目に浮かぶぜ、と。ぼくは恥ずかしさのあまりこの世界から消えたくなった。

怒りも悔しさも反骨精神も、自分の中から何ひとつ湧いてこなかった。悲しくて恥ずかしい。それだけ。父の言葉のひとつひとつが思い返される。趣味、遊び半分、近道、馬鹿な夢……。本当にそのとおりだ、と思った。もしもぼくが人生を賭けるくらい本気でこのコンテストに臨んでいたら、きっと父の言葉に対し猛烈な憤りを覚え、あんたに何がわかるんだクソオヤジ！　と怒鳴りちらしただろう。的外れな選評を送りつけてきた審査員たちを内心で罵倒し、この手紙を即座に破り捨て、反骨精神と情熱の赴くままに新たな歌詞を書きはじめただろう。しかし実際のぼくは勉強机に突っ伏して、弱々しいため息をくりかえすばかりだった。

近道はない。父の言うとおりだ。あの程度の努力で覆せる現実などどこにもないのだと気づかされた。

こんな具合に、ぼくの夢追い日記は呆気なく終了したのだった。結局、将来への不安や焦りは何ひとつ解消されず、そして妙な虚しさを抱えたままぼくの日常は過ぎ去っていった。あの日からまあまあ真剣に受験勉強に取り組み、卒業前にはB高校の合格もほとんど確実なものにしていたが、やはり気分はどんよりと濁ったままだった。

こうして、卒業式の当日がやってきたのだ。

「あたたかな春の陽ざしに包まれ、校庭にも緑の芽が小さく輝きはじめたこの良き日に、わたしたち三年生一同は無事、卒業式を迎えることができました——。と、こんなふうに読みはじめるのが普通の答辞なんでしょうけど、それじゃつまらないな、と思いました。わたし自身、毎年この卒業式の時間は眠気と闘うのに必死でした。なので、今年はわたしが卒業生代表として答辞を読む役に選ばれた幸運？　不運？　を最大限に活用しまして、眠気も吹き飛ぶような楽しい話をしたいと思います。じつは、いま、わたしの家庭は崩壊寸前なのです。母が大昔のモトカレと不倫してしまい、それに激怒した父が母を殴るようになったのです。とはいえ、役所勤めの父は暴力の痕跡を見えるところに残しません。世界の終末がきても世間体を気にし、打算を捨てないのがわたしの父の特徴です。なので、母の痣が見たい方は顔ではなく腕や脚などに注目してみるといいでしょう。そんな血の通わない夫婦関係に愛想をつかした母はとうとう離婚を口にしました。モトカレとの不倫も実際はあんまり関係なく、たんに父に拒絶反応を起こしただけのようです。話し合いのすえ、子供が成人するタイミングを見て離婚を考えているようですが、あと約五年……。長いですねえ。両親の身勝手な冷戦の渦中で育つ子供ってどうなるんでしょうか。とばっちりで叱られたり、自己中心的な不機嫌にさらされてストレスをためたり……。みなさん、もしも父の暴力がわたしにまで及んだときは、あるいはわたし自身が親を傷つけたときは、ためらいなく警察沙汰にするつもりなので楽しみにしていてください」

壇上の帆名はゴールを決めたあとのサッカー選手のように、満面の笑みで両手を大きく広げてみせた。

「なんちゃって。以上で答辞を終わります」

式場は騒然とした。まさに隕石が突然降ってきたかのような、ガツンとした衝撃が広がった――。

教頭が素早く壇上の帆名に近づき、病人を気遣うように肩を抱き、しかし力強くステージ脇へと引っ張っていった。教頭は無表情だったが、その目は切れ味抜群のナイフのように鋭かった。

一体何が起きた？

ぼくは唖然としていた。誰もが引っ込んでいく帆名を眺め、それからぼくを見て、さらに保護者席にいるぼくの両親のほうへと視線を滑らせた。ぼくもおそるおそる横目で見やると、ちょうど式場を出ていく父と母の背中が視界に映った。母は両手で顔を覆い、そして父は……母を置き去りにするような迅速さで出入口のドアを通り抜けていった。

となりの生徒がぼくを見て、驚きつつも気の毒そうに苦笑した。ぼくも同じように返したつもりだったが、その顔が泣き笑いのように歪んでしまったのは、鏡で見ずともわかった。

それからの時間は、まさに針のむしろだった。何せ、ぼくしかいないのだ。帆名は教頭とともに消え、両親も式場を出ていった。まわりの生徒たちがちらりと向ける視線、かすかな私語や咳払いなども自分に対する蔑(さげす)みに感じられ、居たたまれなかった。

なぜあんなことをした？

別れの切なさも寂しさも、中学校生活の思い出もすべて消し飛び、ただ耐え忍ぶだけの卒業式が終わった。ぼくは教師やクラスメートと戯れることを避け、逃げるようにそそくさと帰宅した。やはり父と母は家にいなく、帆名だけがリビングのソファの上に寝転がってテレビを見ていた。

「どういうつもりだよ？」ぼくは低い声音で尋ねた。

「正義の鉄拳制裁」と、帆名は身を起こしてこたえた。「身勝手な親に対する、ね。お父さんの家庭内暴力も、お母さんの不倫も、あんたの夢が潰されたことも、本当は許せなかった。だから、あたしなりの報復。結構すっきりしたろ？」

「なるほど。ありがとう。感動で胸が熱くなるよ」ぼくは叫ぶように言った。「なんていうと思ったかよ。ふざけんなっ。何が正義だ、鉄拳制裁だ、報復だ。おまえにそんな資格ないよ。お父さんたちが揉めているとき、おまえは一体何をやったんだよ。しらけた態度でずっと我関せずを決め込んでいたくせに、最後だけ一丁前に怒って、正義だとか制裁だとかいってんじゃねえよ。おまえがやった行為こそただの……自分勝手で傍迷惑なもんだよ！　ばかやろう」

　その勢いのまま、ぼくは踵を返してリビングを出た。帆名が怒り狂って追いかけてくるかと思ったが、予想に反して静かなままだった。なぜかテレビの音も消えた。

　その日、両親は二人とも帰ってこなかった。子供が親と喧嘩して家出をするのはよくある話だが、まさか子供と喧嘩して帰ってこない親がいるとは思わなかった。うちの家族は一体どうなるのか……。ぼくは落ち着かない気分を持て余しながら、眠れない夜を過ごした。

　しかし翌日の早朝、父と母は二人そろって帰宅し、何事もなかったかのように振る舞った。母はてきぱきと朝食をつくり、父は気だるそうに職場へいく支度を整えた。二人とも必要以上のことは何もしゃべらない。が、不思議と緊迫した雰囲気でもなかった。

やがて起き出してきた帆名はまだ眠たげな目をこすり、ばつが悪そうに肩をすくめると、父と母、そしてぼくへと視線を滑らせ、最後にうつむいた。

「帆名」ふいに母が言う。「入学前の春休みだからって気を抜かないの。もっと早く起きなさい。あんたがこれから通う高校、ちょっと遠いんでしょう」

「あ、うん」帆名はつぶやき、また目をこすった。「ちょっとトイレ……」

「先にいいか？」横から父が言い、ふらっと立ちあがった。「仕事にいく前だから、急いでる」

えー、トイレお父さんのあとかよ最悪ー、と帆名は顔をしかめたが、「まあいいよ」

「悪いな」父はすれ違いざま帆名の頭を小突いた。穏やかな眼差し――。帆名は戸惑い、そして恥じ入るように小突かれた部分をなでた。

この一晩のあいだに、父と母がどんなことを話し合ったのかはわからない。何かが解決したわけでもなさそうだ。ただ、あの程度の隕石では壊れなかった。家族って意外と頑丈なんだなあ、と思った。

それでも、いずれ終わりはやってくるだろう。それは避けられない。隕石がどうのという話ではなく、家族が選んだ道なのだ。

ぼくはリビングの大窓を開ける。まだ少し肌寒い春の風に頬をなでられ、大きく伸びをした。

5　未熟なライフ

高校一年生の終わりごろ、ぼくはヤンキーの集団に戦いを挑んだ。二十数人対一。一がぼくだ。

現場は高校近くの駅裏の駐輪場。いまでこそマンションがいくつか建ち並び、周囲は小綺麗に改修されたが、当時は遠くの山々がうっすらと見渡せるほど殺風景だった。駐輪場には屋根もなく、錆びた細い鉄柵が目印程度につけられ、自転車も乱れたまま置かれ、折れた傘や空缶、煙草の吸殻などが散乱しまくっていた。

いわゆる不良のたまり場。駅裏はそういう場所だった。金髪、サングラス、バイク、腰パン、土木作業着、キャップ、ツイストパーマ、ピアス、ミニスカート……。あのころ毎日のようにたむろしていた彼らの顔は一人も覚えていないけれど、こんな印象だけは根強く記憶に残っている。駅裏は彼らが基地のように占領し、笑って、踊って、どつきあって、毎日楽しそうに騒いでいた。ぼくら普通の学生は、その横を肩をすぼめつつ小走りに通った。あるいは少し遠回りして駅の表側から帰ったりした。一瞬でも目が合えば、彼らはどんな因縁をつけてくるかわからない。

「いまガンつけてたろ」「つけてません」「目え合ったじゃん」「それはそっちが見てたからじゃ……」「はあ？　おまえ喧嘩売ってんの、ちょっとこっちこいよ」

そう、当時のヤンキーは世界の中心だった。若い世代の主役だ。多くのドラマや漫画と同様に。群れて騒ぐ、喧嘩っ早い、仲間意識が強い、悪いけれど男気がある、ときどき優しい。当然、派手な女の子たちもそこへ吸い寄せられる。また一段と目立つ集団になる。大人たちも彼らとの関係づくりには慎重になる。なかには媚びる大人もいる。

どこもかしこもヤンキー天下である。基本的に、彼らを打ち負かせるのは警察くらいだろうと思っていた。

しかし、ぼくはそんなヤンキーにみずから喧嘩を売った。

じつは自分は武闘派の度胸ある男だと言いたいのではなく、むしろその逆だったからこそ、あの出来事は忘れられないものになったのだと思う。

「ちょっと話がある」

駅裏にたむろしていたヤンキーの集団に向かって、ぼくは言った。

平日の夕暮れ。カラスの群れが耳障りな声で鳴き、円を描くように頭上を飛びかっていた。薄茶色の空に二つ三つと、小さな星が光っている。

「なんだって？　聞こえねえよ」

ヤンキーの一人がそう言い、ぼくの背中に空缶をぶつけた。中身が少し残っていて、スカイブルーの服をかすかに汚した。からかうような笑い声が響く。

「ていうか、おまえ誰？」

集団の中から一人、巨大な男がふらっと立ちあがった。煙草を口にくわえたまま、のそのそと近づいてくる。ストⅡでいうと、ザンギエフみたいなやつだ。あんなのに殴られたらひとたまりもないだろうと思い、背筋に冷たいものが走った。しかし、ぼくは逃げるわけにはいかない。そういう選択肢はなかった。

「話があるっていってんだろ。黙って聞けよ」

ぼくのこのひと言で、周囲は殺気立った空気になる。

「だからなんだよ」

ザンギエフがぐっと拳を握った。ぼくは負けじと彼をにらみつけた。

不思議な感覚だった。二十数人対一。ぼくは間違いなく袋叩きにされるだろう。あるいは目の前の巨人にひねり潰されるかもしれない。歯が粉々に砕け、眼球が飛び出るほど殴られる場面を想像し、思わず乾いた唾を呑んだ。彼らの加減次第では死ぬことだって考えられる。暴行がいきすぎた、殺意はなかった、そもそも先に喧嘩を売ったのは相手のほうだ——。ぼくが死んだあと、彼らはそんなふうに警察に話すのだろう。よくある事件のひとつだ。それが、ここで起きてもおかしくない。

なのに、恐怖心はみじんもなかった。

目を覆い、静かに泣きつづける明日香。鼻が潰れ、血に染まった唇を拭う帆名。そして公衆トイレの小汚い床に、これでもかとひたいをこすりつけて謝る自分……。

そんな場面を思い出す。きっと一生、消えることはない。

この感情は一体なんなんだろう。本当に不思議な感覚で満たされ、そして全身に力がみなぎるようだった。

「もしも……」ぼくは吼えるように言った。「おまえらを絶対に許さないからな」

瞬間、耳をつんざくような野蛮な声があがった。

＊

高校も結局は中学の延長線上さ、と先生や先輩たちは言っていたけれど、まったくちがった。少なくともB高校の雰囲気は想像していたものと異なり、ゆるく、だらしなく、そして殺伐としていた。女子も男子も茶髪の生徒が多く、腰パンやピアス、ミニスカートやルーズソックス、あきらかに煙草の形に膨らんだポケットも、よく目についた。校舎も古く、乾いたガムの塊が廊下のそこかしこにこびりついていた。教師も心なしか強そうに見えた。ガキどもに負けないように鍛えているんだ、というように。

不良学校？　いや、そういうわけでもない。授業中に教師と生徒が胸倉をつかみあうことはないし、校舎の窓も叩き割られないし、平日に暴走族の集団が押しかけ、「一番強いやつを出せ」と凄むこともなかった。ただそういう「感じ」の生徒が一部いて、彼らがよく目立っていた、というだけの話だ。

ぼくにしてみれば、B高校に通う中学時代からの知り合いも少なく、反面、ほかの生徒は地元民が多いようだ。

「お、ひさしぶり〜。おまえもこの高校なんだ」

「当然。学校遠いのだるいじゃん。朝、起きらんねえもん」

「だよなあ。そういえばアツロウもここらしいよ。たぶん二組」

「マジ？　チョー楽しみ。バレーの県大会以来だ」

入学早々、こんな会話がいたるところで交わされていて、初期の疎外感はかなり大きかった。

クラスは一学年に八つ。ぼくは七組に入った。右隣は八組で、こちらは「こめ科」といわれる特殊なクラスになる。四六時中、米について勉強していた。米の歴史、成分、作り方、ブランド。この県は米がとても有名なのでみなさん米についてたくさん学びましょう、という感じだ。特殊な科なので入試倍率も当然低く、毎年定員割れをしていた。なので、このクラスは高校受験に失敗した者、いや、そもそも高校などどうでもいいと匙を投げた者たちが最終的に流れ着く場所でもあった。別名、ドロップアウト予備軍の掃き溜め。

つまり、B高校でよく目立っていた一部のヤンキー集団とは、この八組の生徒のことである。この「こめ科」の連中は入学当初から異質な存在として周囲をざわつかせていた。一組から七組の生徒は比較的、普通の学生がそろっていたが、なかにはこの八組の影響を多大に受けてしまい、茶髪ミニスカ煙草ピアスと、いわゆる「田舎の高校デビュー」をはたしたやつらも何人かいる。

ぼくはというと、やはり不安でいっぱいだった。授業や行事など、何かとペアにされることが多い七組と八組だが、まさに水と油、異質すぎて円満に進行することなどありえないだろう……と、最初はそう思っていた。

しかし体育の授業中、グラウンドの片隅で肩を回していると、長髪の男子生徒がふいにぼくの傍らにやってきて、なれなれしく話しかけた。

「砲丸投げとか、だるいよなあ。俺、力ねえから全然飛ばねえし。きみも苦手そうじゃん砲丸投げ。ひ弱そう。名前は？」

「さ、里居勇帆」

「ユーフォー？　うへっ。宇宙人かよ」彼は大口を開けて笑い、「俺、万台弘彦（ばんだいひろひこ）。ひ弱な者同士よろしくね」

万台は軽妙に握手を求めてきた。ぼくはぎこちなく応じる。彼は彫りの深い整った顔立ちで、角度によっては俳優のようにも見える。とてもさわやかな雰囲気で、お気に入りなのか、サラサラのロングヘアを何度もかきあげていた。

「クボヅカに憧れてるんだ、俺」万台は訊いてもいないのに言った。「里居は誰に憧れてんの？　芸能人」

「とくにいないけど、しいていえば……」

ディカプリオとこたえた。万台はぶっと吹き出した。

「いや全然似てないじゃん、ディカプリオ！　里居、顔も薄いし色気もないし」

「べつに真似してないから。そういう憧れじゃないって」

単純に『タイタニック』が好きで印象に残っているだけだ。

「ふうん。あ、綾乃（あやの）だ」

万台は突然、通りかかった女子生徒に意識を奪われた。彼はブンブン手を振って、

「おーい綾乃、女子の高跳びはもう終わったの？」

「終わったよー」女子生徒はほがらかな口調でこたえた。「ちょっと早いけど、いまから着替えて売店いくんだ。チョコクロワッサン、ゲットだぜえ」

「ずるいわー、それ。俺のぶんも買っておいてよ。金あとで渡すからさ」

「自分で買いなさい」

女子生徒は赤に近い茶髪を肩の下までたらしている。化粧が濃く、肌の色も黒い。ゆえに美人や可愛いなどの判断がまったくつかない。

「そっちの人、誰？」彼女はぼくの顔を指さした。

「七組の友達」と、万台が言った。「宇宙人。ユーフォー乗れるんだってよ」

嘘つくな、とぼくは眉を寄せた。

「へえ、めずらし〜。あとでしゃべろうよ」

彼女は満面の笑みを浮かべて言うと、気だるそうに去っていった。ぼくは知らずに半開きになっていた口を、あわてて閉じた。

「八組の皆本綾乃。俺の女」と、万台がこそこそと言った。「……の予定」

「予定？」

「入学早々、一目惚れしてさ。つまり狙ってんの、いま。まだモノにしてないんだ」

「ふうん。脈はあるの？」

「どうだろうなあ。ゼロじゃないとは思うけど、ちょっとむずかしいかも」

「なんで？」お似合いの二人に見えるが。

「女はいろいろ複雑なんだよ。里居は彼女とかいる？」

不意打ちのような問いに、ぼくは思わず咳き込んだ。

「ドンマイ」勝手にいないと判断されたようだ。万台はぼくの肩にポンと手を置き、言った。

「お互い、さっさと彼女つくろうぜ。じゃなきゃ高校生やってる意味ないしな」

「そ、そうだね」そうなのか?

「今度一緒にカラオケでもいこうや。俺のゆず、マジでうまいから」

ちょうど遠くから先生に呼ばれ、ぼくと万台は砲丸の片付けに加わった。

水と油。異質な存在。第一印象からそんなふうに決めつけ、勝手に隔たりをつくっていたけれど、それは大きな間違いだった。少なくとも万台はとても気のいいやつで、以来校内のどこで会っても気軽に話しかけてくれる。ぼくの趣味を深読みして、漫画本やCDを独自に選んで貸してくれたこともあった。約束どおりカラオケにもいった。彼は煙草も吸うし、D高校の連中と出くわしたら絶対喧嘩になるとか、ときどき物騒なことも口走るが、大体は綾乃の話をしている。えくぼ可愛い、脚の色気やばい、意外と胸でかい、しゃべり方がチョーいい癒される——。

ぼくと万台だけではない。結局はとなりのクラスなので自然と交流ができ、親しくなる生徒もたくさんいた。夏休み前には、金髪男子と眼鏡女子のカップルも誕生していた。そしてぼくは授業中、なんの脈絡もなく、ふいに胸を熱くした。最初は中学の友人たちと離れるのが嫌で、B高校なんて……、とよく考えていたけれど、もうそういった後ろ向きな感情はなくなっていた。ここでよかった、と素直に思う。

『B高、楽しそうだね! 今度、制服貸してよ。変装して潜入するからさ。その万台君て人と一緒にトイレで煙草を吸うのもいいかも。未成年ていうドラマ覚えてる? それみたいでドキドキするね! ちなみに、わたしは最近ラクロスをはじめました。でもまたすぐに辞めると思う。いろいろやってみて、最終的には写真部の幽霊部員になるつもり。勇帆は部活どうするの、このまま帰宅部継続？』

ぼくは学校へ向かう電車の中でその小さな手紙を読み、口許をゆるめた。男物の制服じゃ変装にならないじゃん。煙草なんて火のつけ方も知らないくせに。帰宅部継続？　うるさいよ最終目的が幽霊部員の人にいわれたくないな。そう口の中でつぶやくと、手紙を丁寧に折りたたんでポケットの中にしまった。

朝、地元の駅で満と一緒になる。ときどき自転車で通りかかる昌晴もいる。「おーす。おまえら元気？　今度うちでポーカーでもやろうぜ」などと快活に言い放ち、走り去っていく。昌晴の高校は自転車で通える距離にあった。ぼくと満はしばらく電車に揺られてから、分岐点となる駅で別れる。ぼくは向かいの電車に乗り換え、満はそのままだ。その駅で、ぼくと入れ替わるように、頓葉と小町明日香が電車に乗り込む。ぼくと彼らはその短い「すれ違い」の中で、些細な会話をかわす。髪切ったね、あのゲームのあのボスがまだ倒せない、昨日読んだ本泣けたよ、宇多田の新曲聴いた？　今度の日曜日さ……。

そして明日香はそっと、ぼくの制服のポケットの中に小さな手紙を忍ばせる。ぼくもときどき、同じようにする。お互い高校生になって親から携帯電話を持つことを許されたのにもかかわらず、いまだに中学生のような手紙交換を楽しんでいた。万台などが見たら、「携帯メール使えよ。大人の階段のぼろうぜ」と苦笑しそうだ。だけど、ぼくらはこれでいい。明日香がいいのなら、ぼくもいい。

明日香に告白したのは、高校の入学式を目前にひかえたころだった。中学卒業式の帆名の暴挙を経て、うちの家族が薄氷の上を歩くような状態であることは、もちろん明日香にも伝わった。

そのことで、ぼくと帆名の両方に、誰よりも親身になって接してくれたのが明日香だった。

「大丈夫だからね。雨降って地固まる。明けない夜はない。トンネルの先に光はある。二人に元気になってほしくて、カボチャケーキを焼いてきたんだ。次はタルトに挑戦する予定だから、うまくできたらまた持ってくるね。うん、前向いて歩こう」

電話、手紙、プレゼント、休日の誘い。そのひとつひとつにぼくは元気づけられ、勇気をもらい、そして家族のごたごたで傷ついた心もしだいに回復していった。と、そういう流れであれば少しは感動的だったのかもしれないが、そもそもぼくは家族に対してほとんどあきらめているような状態だったので、実際、明日香の「励まし」の行為はすべて空回りしていたと言っても過言ではない。

ただ、明日香のそういう行為を通して、ぼくは彼女の内面をより深く知ることができたような気がした。行動や言葉の端々に独特の「品」があって、それに触れるたび、美しい精神の海を無邪気に泳ぐ魚を連想する。その魚をずっと見ていたい、ときどき餌をまき、飛び跳ねてくれたらどんなに嬉しいか……。

小さな恋心はいつしか、かけがえのない気持ちへと変わっていた。好きですと告白しよう、彼女の心の魚はおれが守ろう、と。

「え、わたしでいいの？　里居君てナアちゃんみたいな女の子がタイプだと思ってた。わたし真逆だよ。それでもいいの？」

ぼくは吹き出し、そのあと些細なショックに襲われた。小町がよくて小町じゃなきゃだめで、だからおれと付き合ってください……。

「いいよいいよ。付き合おう。一石二鳥だもんね。よろしくね」

明日香はなぜかファイティングポーズをとりながら、満面の笑みをぼくに向けた。何が一石二鳥なのかさっぱりわからなかった。

ちなみに、帆名も満や明日香と同じくA高校に通っているが、基本は別行動だ。最初のころは登校の電車でもみんなと一緒にいたが、一度、車両の通路であぐらをかいて化粧をしていたギャルと激しく喧嘩をしてから、「また同じことが起きたらみんなに迷惑をかける」と言い、そそくさとグループを抜けた。また誰かと喧嘩になったとき止めに入るやつがいると邪魔になる、とぼくには聞こえた。

明日香の話だと、帆名は高校でも単独行動を好んでいるようだ。ただ、中学のときのように悪目立ちはしなくなった。生物研究部という妙な部に入り、毎日分厚い蛇の図鑑を読んでいるらしい。たしかに、うちでも帆名の部屋のいたるところには、どこから調達したのか知れない蛇のゴム人形が数多く散乱している。「蛇には縁を感じる」と不気味につぶやいていたこともあった。そして、ぼくは蛇が大の苦手なので、帆名含めてなるべく近寄らないようにしている。

夏休み明けの九月、ぼくの高校では体育祭がおこなわれた。二日間。パネル、競技、踊りなど、やることは中学時代とたいして変わらないが、やはり高校生、みな豪快で大人っぽく見えた。男女とも先輩たちはたいてい真っ黒に日焼けしていて、薄くて派手な衣装に身を包み、はしゃぎたい放題だった。大人っぽいが……やっぱり子供。正直、ぼくら一年生は蚊帳の外だった。

夕方、体育祭の後片付けが終わったあと、学校から少し離れた場所にある河川敷へと向かった。

川のほとりにラッコの形をした大岩が置いてあるため、通称「ラッコ川」と呼ばれている。教室を出て帰ろうとしたら突然、万台に呼びとめられたのだ。いまから七、八組の何人かでラッコ川にいくから、おまえもこいよ、と。

「何が」

「体育祭の打ち上げだよ」と、万台は言った。「里居って、飲めるんだっけ？」

「酒」

「え、いや、酒はまだ。未成年だし……」

万台は歯並びのよさを見せつけるかのように笑った。

「これを機会に覚えるのもいいかもよ。俺なんか小学生のときから飲んでるから。親父の影響で」

ラッコ川にいくと、すでに何人か集まっていた。ほとんど七、八組の生徒だが、知らない私服の男女もちらほらとまじっていた。誰かの友達らしい。みな缶の酒を手に持って、カンパーイと愉快に声をあげていた。

ぼくは場違いさを覚え、硬直したようにたたずんでいた。すると万台が缶ビールを持って近づいてきて、さっと手渡した。酎ハイにする？　いや、これでいいよ。里居にはまだビールは苦いかもよ。うん、でもとにかく飲んでみる。おー、ノリいいじゃん。

酒も煙草も初挑戦で、あっというまに気分が悪くなった。最悪だ。もう動けないと缶ジュースに替えてもらい、川のほとりで一人、ぐったりとしていた。責任を感じたらしい万台がふたたび近寄ってきて、ぼくのとなりにしゃがみこんだ。

「酸素が少なくなって中毒症状」万台はなぜか、たどたどしい口調だ。「記憶がぶっ飛ぶこともある」

「え？」

万台は煙草に火をつけ、その煙がぼくの鼻先をかすめた。ふいに頭の中で大きな火と煙が戯れるように踊り狂った。そのイメージにやられたのか、激しい吐き気をもよおした。

「いや、すまん。酒とか無理やりすすめて」

万台の口調は普通に戻っていて、一瞬乱れたぼくの気分もすぐに持ち直した。

「今日はいいけど、次は勘弁して」

「ラッコ川は、ちょっと学校から遠かったなあ。もっと駅に近ければ、すぐに帰らせてやれたんだけど」

「大丈夫。少し休めば回復するよ」

「ほんと、ごめんな」

「駅裏じゃ、だめだったの？」

何気なく尋ねた。すると万台は表情を曇らせた。

「あほ。駅裏は教師の巡回場所だろ。何より、あそこは砂岡グループが占領してるから無理」

砂岡グループ。毎日のように駅裏にたむろしている柄の悪いヤンキー集団のことだ。

「あれ、万台とかって、あの人たちの仲間じゃないの？」

「冗談だろ。あんな連中関わりたくもねえよ」万台は吐き捨てるように言った。「たしかにあそこにはこめ科のＯＢが何人かいるし、うちのクラスにも入りたがってるやつらはいる。でも俺は大嫌いだね。あいつらのやることって、かなりエグイからさ。集団暴行、強盗、レイプ、クスリと悪い噂はあとをたたないし。とにかくボスの砂岡がやばい」

「やばい？」

「そう。二十二のチンピラ。年少あがりらしい。昔誰かを殺して、いまはヤクザの末端やってる。誰かを殴るときは必ずビール瓶。だから別名、瓶クラッシャーの砂岡」

笑おうとしたが、万台の目が真剣だったので、やめた。

「俺ら……少なくとも俺は、あいつらとは関係ねえよ。だけどな……」

「だけど？」

「いや、なんでもない」

そのとき甲高い声がうしろから響き、神妙な空気が一変した。何人かの女子を引き連れて、綾乃がやってきた。手にはお菓子の入ったコンビニ袋をぶら下げている。

「なんだよ綾乃。結局来たの？　大丈夫かよ」

万台が眉をひそめて訊くと、綾乃はぎこちなくうなずいた。

「うん、大人数なら問題なし。まあ今日は体育祭の打ち上げだし、よけいなことは気にしないで騒ごうよ」

いまの会話は一体？　ぼくがきょとんとしていると、綾乃は素早くこちらに気づき、パッと華やいだ表情を見せた。「おー、里居君もいるじゃん。めずらし〜」

「こいつ、いま酒でダウン中な。そっとしておいて」

万台が言い、ぼくは恥じるように目を伏せた。すると綾乃は即座に自分の鞄から大きめのタオルを取り出し、小石でごつごつしている地面に敷いた。

「じゃあ里居君、ここに座って。これなら制服汚れないよ」

「え、でも皆本のタオルが……」

「いいんだって。気分悪いんでしょ。だったら地べたじゃなくて、ちゃんとした場所で休まなきゃ」

「ちゃんとした場所といっても」万台がからかうように言う。「たんにタオルを敷いただけだけどな」

うっさいぞ。綾乃はすねたような目で万台をにらむ。が、その横顔はどこか凛として美しく、ぼくの胸を軽く打った。「ありがとう」と言い、タオルの上に座って休んだ。

「回復したら、いろいろしゃべろうよ」

綾乃はそう言うと、ぼくの肩をやさしく叩いた。胸元が、わずかに屈んだ彼女のシャツのボタンの隙間からちらりと見え、かっと頭が熱くなる。こういうドキドキはいままで経験したことがなく、ぼくは戸惑うばかりだった。

「おまえは俺としゃべっていればいいじゃん」と、万台が口を尖らす。

「里居君のほうがいい」綾乃は戯れるように、万台の髪の毛をくしゃくしゃにした。

刺激的な高校生ライフを暗示させる要素はいくつかあったが、それでもぼく自身が平凡な人間なので、同じく日々も平凡に過ぎていった。学校の外では、ガソリンスタンドでアルバイトをはじめ、給料のほとんどを明日香とのデート代に使った。水族館、遊園地、ショッピング、海、山――。一度、どこへたどり着くのでしょうゲーム、と称して適当にバスに乗り、かなり遠くの県境までいったことがあった。まったく見慣れない殺風景な土地で立ち尽くし、ここどこ？　と二人で大笑いした。そのあとすぐに不安になって、たまたま通りかかったパトロール中の警察官にお願いし、パトカーで最寄りの駅まで送ってもらった。迷惑な若者だ。明日香は耳まで真っ赤にして恥ずかしがった。絶対親に言えない、と帰りの電車の中で何度も顔を覆っていた。ぼくはなぜか穏やかな気持ちになった。

「高校、楽しい？」ときどき明日香は決まり事のように、そう訊いてくる。

「まあまあ」

「気になる女の子とかできた？」

「はあ？」ぼくは苦笑した。「できるわけないじゃん、そんなの」

一瞬、綾乃の顔がちらついたが、光の速さで打ち消した。

「離れてるから、想像するとちょっと不安になる」明日香は真剣な様子だが、なぜか若干の小芝居臭も漂っている。「となりの席の女の子は可愛いのかな、とか、いま誰としゃべってるんだろう、とか」

「となりの席は左右ともに男。なんなら、前後も男。しゃべるのもほとんど男。で、そっちは？　おれだって同じ不安があるよ」

明日香は口ごもる。そして笑ってごまかした。ぼくは呆れたように息をつき、それから気を取り直して言ってみた。

「みんなキスくらい普通にするらしい。その先も……。中学ですませたやつもいるって」

「え、みんな誰とでもキスしちゃうの？」

「カップルの話」

「あ、そう」明日香はしらけたような目で遠くを見た。「ていうか、いちいち探るようにいわなくても。普通にキスしよう、うん、はい、チュー。でいいじゃん。べつに拒んだりしないし」

もう、それほど子供じゃないし、とでも言いたげだった。

「いや、ごめん」ぼくはあわてたように頬を引っ掻いた。「はじめてだから、段取りがわからなくて……」

「わたしもわかんないよ、その段取り」

お互い、十数回にも及ぶ顔の向き確認作業のすえ、ようやくキスをした。たしかどこかの駅の駐輪場だったと思う。地鳴りのように響く電車の発進音のせいで、ほかの学生が近くにいることに気づかなかった。「うわー、ここでキスかよ。バカップル、空気読め」と言われた。明日香はあんぐりと口を開け、そのあと頭を抱えた。ぼくはまた、穏やかな気持ちになる。

守る。Ｊポップの歌詞みたいだが、そう思った。熱いものが胸に染み渡る。たいした危険などないこの田舎町で――実際の格闘は弱くても、つねに心で闘い、必ずこの意志を貫いてみせる。ときどき胸をチクリと刺す綾乃への意識もかき消して、明日香だけを見て、そのために生きる。

そんな誓いを密かに立てた、高一の秋だった。


人の数だけ人生がある。自分の知らないところで誰かの時間も確実に流れていて、誰かの人生も大きく動いている。そんなあたりまえのことを、ある日、なんの前触れもなく痛感した。

昼休み、八組の教室で弁当を食べていた。最近、いつも不機嫌そうにしている万台に何かあったのかと尋ねると、彼はそっけなく、「綾乃が学校辞める」とこたえた。あいつ退学、いちお自主な。万台はそう言い足し、またハムカツサンドをかじった。

ぼくは絶句した。中学のとき、不登校の生徒は何人かいたけれど、学校を辞めるというのはなかった。義務教育だから。でも高校はそうじゃない。だから当然のように、こういうことが起きる。たしか八組はすでに二名の退学者を出している。綾乃が三人目……。

「今日、皆本は？」ぼくが教室内を見回しながら訊くと、万台は肩をすくめた。

「午後出勤。一ヵ月くらい前から遅刻が増えて、最近欠席が増えて、昨日担任と話し合って退学を決めたんだと。で、今日は午後から登校して、放課後また担任と今後の進路について話し合うってさ」

「なんで辞めるの？」

「さあ。本人に直接聞けよ」

「万台はそれでいいのかよ」思わず声を張った。

「はあ？　いいも何も俺には関係ねえし。ただちょっと、惜しいなあって思うだけ。狙った女は大体七割の確率で落としてきたからな。俺の経歴に傷がつく」

七割ってビミョー、と誰かが横で笑った。

入学早々、綾乃に一目惚れした万台だったが、その恋が実ることはなかった。あきらめをつけるため別の彼女をつくったが、その彼女ともあまりうまくいっていないようで、原因が綾乃への未練だとすれば、いまの彼の態度は強がり以外の何物でもないだろう。げんに最近、こちらが気疲れするほど不機嫌そうにしていたのだから。

「まあ、学校辞めたってべつに関係が切れるわけじゃねえし」

たしかにそうだけど……。ただ男女の場合はどうなのか。恋人同士でないなら、学校以外、どこでどんな理由で頻繁に会えるというのだろうか。

動揺している？　これは内面の声だった。ぼくはかぶりを振った。

「それに、俺はいまバンドで忙しくて恋愛どころじゃないから」

万台は突然、ふらっと立ちあがり言った。「今度近くのハウスでライブやるから見にこいよ、勇帆。ハイスタやモンパチのコピーばっかりやってる小便臭いほかのバンドとは一味も二味もちがうから、俺らのバンド。チョー格好いいオリジナル楽曲、たくさんあるぜ」

彼は発声練習の真似事をしながら、便所！　と言って教室を出ていった。ぼくのとなりで弁当を食べていた男子がこっそりと顔を近づけて、ささやくように言った。

「あんなこといってるけど、あいつのバンドもドラゴンアッシュのパクリだからな」

それ以来、仲間内で綾乃の話題が出てくることはなかった。みな悲しくなるほど無頓着で、八組はもう、冬休みのクリスマスパーティーの計画で盛りあがっていた。ぼくには、学校に通う綾乃の姿を見る最後の機会すら与えられなかった。

もう一度会いたい。そう思う自分に気づいてしまった。会ったからといって、どうするわけでもない。ただ、最後のお別れをちゃんとしたかった。「元気で」と手を振りたかった。元々それほどの関係ではないと知っているが、それでも、このまま終わるのは寂しいと思った。一度知り合った人間と、こんなふうに、ただの幻のように別れるなんて。

そんなぼくの些細な願いがとどいたのか、土曜休日の午後、電車で新潟市内へと向かう途中に声をかけられた。ボックス席に一人で座っていたとき、ちょうど巻(まき)駅から乗り込んできょろきょろと空席を探している綾乃と目が合ったのだ。「あ、里居君じゃん」

綾乃は嬉々として近づき、向かい側に座った。屈託なく微笑みかけ、どうも〜、こんにちは〜、元気ですか〜、とぼくの目の前で小さく手を振った。変わった、と思った。耳が出るくらい短い金のショートヘア。ぶらぶら揺れる大きな輪のピアス。紫のカラーコンタクト。高級そうな黒のロングコートに巨大なハリネズミのようなマフラー。田舎のギャルから都会のギャルに。そんな印象を受けた。

「偶然だね、まさかこんなところで会うとは」綾乃は言った。「どこいくの?」

「親戚のとこ。ちょっと物をとどけに。皆本は?」

「彼氏のとこ。さっき電話きて、パチンコで勝ったからこれから焼肉でも食おうぜ、だってさ。あたし、昨日はこっちの友達と朝まで飲んでたから、いま胃が死んでる。焼肉なんか食えねえよ。はは」

彼氏——。万台の恋が実らなかった理由はあまりにも単純だった。ただ、綾乃の彼氏の情報などは公に出回っていてもいいはずなのに、なぜか誰も知らなかった。いや、知らなかったのはぼくだけだろうか。

「学校はどう?」綾乃は少しためらいつつも訊いた。「こめ科のみんなは元気かな」

「学校はあいかわらず。こめ科のみんなは皆本がいなくなって寂しがってるよ。最近は七組まで騒ぎ声がとどかないから」

「そっか」綾乃は窓の外に視線を馳せ、口許をほころばせた。「懐かしいなあ、ガッコ」

「ちょっと前のことじゃん」

「うん。でも、はるか昔のことのように感じる」

「なんで辞めたの？」

「彼氏が、学校なんかいっても意味ないから辞めて働けってさ。だから」

それに黙って従うのか。ぼくはかすかに顔をしかめ、へええ、とうなずいた。

「じゃあ、いま働いてるんだね」

「まあね。昼間はコンビニ。夜は、ときどき隠れてキャバクラ」

「隠れて？」

「まだ未成年だし。それに、キャバクラやってるって彼氏にばれたら殺される」

「じゃあキャバクラは自主的にやってんだ？」

綾乃はくすくす笑い、「やらされているパターンかと思うよね」

あ、ごめん、そういう意味じゃ……。ぼくが言うと綾乃はいいのいいの、とやさしげに目を細めた。「あたしお酒好きだし、まだ騒ぎたいし。それでお金がもらえるなら、イエーイって感じでしょ。ただ彼氏はそういうのが嫌いな人だから、まあ、ばれたらやばいわけよ」

「なるほど。結構硬派な彼氏なんだね」

「硬派？　笑える」綾乃はこう続ける。「全然。たんに束縛が激しいだけだよ。あたしがほかの男としゃべってるだけでキレるもん。相手がただの友達でもね。だからこの状況、結構やばいよ」

　もちろん冗談だと受け取り、ぼくは小さく笑った。

「里居君はさ」綾乃はふと話題を変え、言った。「高校卒業したらどうすんの、やっぱ大学とかいくんだ？」

「卒業したらか……」ぼくはうなった。「まだ考えてないな」

「でも外の世界は見にいくんでしょ？」

「外の世界？」

　綾乃は自分の足元を指さし、「ここは中」そして今度は窓の外を指さす。「で、あっちは外」

「いってる意味が、よく……」

　綾乃は独り言のようにつぶやいた。「ときどき、ほんの一瞬だけど、無性に叫びたくなるんだ。なんでだろうってずっと考えていたんだけど、最近わかったの。あたしは中の住人。ここでしか生きられないし、一生抜け出せない。まあべつにいいんだけどね、気楽だし。でも、ときどき外に憧れる。そこで生きてる人たち、外へ向かって飛び出していく人たちを見ると、うらやましくて仕方なくなる」

「つまり……」ぼくは首をひねり言う。「都会暮らしに憧れてるってこと？」

「ちょっとちがうけど、まあ、そんな感じ」

　綾乃は小さく息をついた。わずかな沈黙のあと、ぼくは言った。「どこにいても、皆本なら大丈夫だと思う。やさしいし、きれいだし、魅力いっぱいあるし。だから……」

「里居君テキトー」茶化すような笑い声があがった。電車はちょうど内野(うちの)駅に滑り込み、おっとここだ、と言って綾乃は腰を浮かせた。「じゃ、バイバイ。またどこかでね」

そうだ、今日のように偶然遭遇する可能性はこれからもある。しかし、おそらくもう二度と会わないだろうという予感も少なからずあった。ぷしゅうっと電車のドアが開き、綾乃は降りて目の前の改札に向かった。瞬間、強い電流が胸の中を走った。ぼくは素早く立ちあがると、その開いたドアから体の半分をほうり出して叫んだ。

「皆本！　本心だから、さっきの。テキトーじゃないから」

改札の手前で、綾乃が振り返る。彼女はうなずき、軽く手をあげかけたが、すぐに思いとどまったようにその動作を止めた。改札口の向こう側には、ピチピチの革ジャケットを着た体格のいいオールバックの男が立っていた。真っ黒のサングラスをかけていて目線は定かでないが、口許は「おい、あやの」と動いたように見えた。あれが彼氏だろうか。おそらく年上で、格好よくて、強そうで、つねに大勢の派手な仲間に囲まれているような……。ふいに、ぼくは今しがた叫んだ自分の言葉を無性に恥ずかしく思った。

電車のドアが閉まる。かすかな風が外から中へ。そして綾乃は二度と振り返らず、窓の向こうに消えた。


それから、およそ六時間後のことだ。ぼくは知らない公園の公衆トイレの中で這いつくばっていた。脇腹に強烈な痛みを感じ、こみあげる吐き気を抑えるのに必死だった。目に涙をため、体全体が恐怖で小刻みに震えていた。右頬にはトイレの小汚い床がくっつき、左頬には硬い革靴が乗っている。その二つはサンドイッチのように、ぼくの顔を力強く挟んでくる。

「綾乃としゃべるな。どこかで会っても無視しろ」

あいつは俺の女、おまえみたいなカスに話す権利はない。男はそう言い、ぼくの顔を踏みつける足にぐっと力を入れた。

夕方、ぼくの携帯電話に知らない番号からの着信があったのだ。用事を終え、その帰宅途中のことだった。電話に出ると、「おまえがサトイ?」男の低くて乱暴な声が飛んできた。誰ですかと恐々尋ねると、相手は早口でこたえた。「砂岡。綾乃の彼氏。この番号は万台ってやつから聞いた。あいつも前に一度、厳重注意で殴っておいたんだよ。だから、おまえの友達の友達だとでも認識してくれたらいいよ」

「……砂岡、さん?」まさか——。全身に怖気(おぞけ)が走る。

「今日、電車で綾乃に会ったろ? 何かしゃべってたよな。まあ、それはもういいや。とにかくサトイ、いまどこ?」

「で、電車に乗ってます。家に帰ろうと思って……」

「次の駅で降りて。場所いえよ。バイクで迎えにいくから」

「あの……」

「いいから次で降りろ。黙って従え」

言われるままに次の駅で電車を降りた。二十分ほど待ってやってきた砂岡なる男は、やはり昼間、綾乃が降りた駅の改札口で見かけた人物だった。服装はそのままだが、黒いサングラスは外している。鋭い眼光に冷淡さと残忍さを感じた。砂岡は無言で舌打ちし、ぼくを黄色いバイクのうしろに乗せると行き先も告げずに走り出した。そしてこの、名も知らない地区の公衆トイレへとたどり着き、ぼくはさっそく腹を数発殴られ、うずくまると頭をがつんと踏みつけられたのだった。相手は駅裏ヤンキー集団のボス。綾乃の彼氏。万台が失恋した一番の理由がわかった。

「おまえ、綾乃のことが好きなの？」砂岡は言いながら、ぼくの背中に唾を吐きかけた。

「……友達です。ただの」

「じゃあ、その友達も今日でおしまいな。いまからおまえと綾乃は無関係。赤の他人。どこかで会っても話しかけない。いいな？」

「どうして……」

綾乃は彼氏のこの行動を知っているのだろうか。たぶん、知っている。砂岡はぼくの電話番号を万台から聞いたと言った。おそらくその前に、綾乃からぼくの話を聞いたにちがいない。ただの友達、いやそれ以下の知人でしかないが、砂岡はそれすらも許さず、綾乃はそんな彼氏を抑えることはできなかった――。

「ほら、いえよ。ボクと綾乃さんは無関係、友達でもなんでもない、どこかで会っても無視します、って。ほら」

「……本当に、ただの友達なんです。どうして、そんなことといわなきゃ……」

ごっ、と強く蹴りあげられた。ぼくはうめき、床の上でぐったりと伸びた。

「あと百発殴られるのと、素直にいって終わりにするの、どっちか好きなほうを選べ」

「……いえません。友達だから」

たとえ格闘は弱くても、つねに心で闘い、意志を貫く。いつだったか密かにそう誓ったことを思い出す。しかしその心も、即座に見舞われた強烈な打撃によってあっさり折れてしまった。

結局、ぼくはトイレの床にひたいをこすりつけ、泣きながら謝った。ごめんなさい、綾乃さんとは二度と話しません、友達もやめます、どこかで会っても無視します、だから許してください……。

なぜ謝っているのか、その意味もよくわからず、とにかく謝った。怖いから。痛いから。ただそれだけで。

その後、警察でも呼ばれたら厄介だと思ったのか、砂岡は監視するようにぼくをふたたびバイクに乗せ、自宅付近まで送りとどけた。去りぎわ、「来週の火曜、B高の駅裏にこいよ。俺も顔だすから。慰謝料二万。それをもらったら、おまえを解放してやる」

ぼくは力なくうなずいた。そして砂岡は黄色いバイクをブンブン吹かしながら走り去っていった。

「勇帆。いまの誰?」帆名だ。玄関先で声をかけられた。彼女もどこかから帰宅したばかりのようだ。面倒なやつに面倒な場面を見られた、と思い、深く顔を伏せた。

「高校の先輩。たまたま会って、バイクで家まで送ってもらったんだ」

「勇帆」

「なんだよ、うるさいな。さっさと家に入ろうぜ。腹へった」

「前歯、欠けてる」

「え」顔は殴られなかった。しかし、頭を踏みつけられ、トイレの床とごっつんこしたときに欠けた――。ぼくは口をつぐみ、そのあと堰を切ったように、おんおんと泣いた。怖かった。痛かった。それ以上に、なさけなかった。何が心で闘うだ、何が意志を貫くだ、ぼくは自分が考える以上に弱かった。弱すぎた。全然男じゃなかった。

「あのバイク、ミラーの枠がしゃちほこだったなあ」

帆名は独り言のようにつぶやくと、先立って家の中へと入っていった。

翌週の火曜日、砂岡に言われたとおり例の駅裏にいった。当然いつもの連中もいたが、彼らはぼくになどまったく関心を示していなかった。砂岡も面倒臭そうに慰謝料の二万円を受け取ると、「よし。もう消えていいぞ、カス」と言い、さっさとぼくを追い払った。

二学期も終盤だった。万台は、ぼくの電話番号をあっさりと砂岡に教えたことに罪悪感を覚えたのか、それとも綾乃に失恋した真の理由を悟られ恥ずかしく思ったのか、あまり話しかけてこなくなった。人殺し経験のあるヤンキーの恐怖に負けたこと、責められるはずもない。しかし真実を知ったことでお互い気まずくなってしまい、冬休みが明けるころには疎遠になった。

クリスマスの予定もすべてキャンセルした。デート代と考えていた二万円が消えたからだ。放課後、地元の駅で明日香と直接会って、クリスマスは無理、と言い、ついでに別れも告げた。なんだか面倒臭くなった、付き合う意味とか、自分のこととか、いろいろ考えていたら……。そう言った。明日香は当然納得せず、本当の理由を聞きたがった。ぼくはかぶりを振って、「どうでもよくなった。これが本当の本心」とこたえた。すると明日香は予想に反して、泣いた。手で目を覆うだけの静かな涙だったが、たしかに泣いた。

きみを守る資格がない、とでも思ってしまったのか。

いや、それはちがう。砂岡との一件で己の弱さを知り、同時に考えた。綾乃と二度と関わるな――。もしもその名前が明日香だったら？　とりとめもなく考えていたら、頭が爆発したのだ。

抱えているものを下ろせば身軽になる。この意味不明な苦悩も消える。だからほうり投げた。それだけ。つまり、ぼくが明日香に告げた言葉に、嘘や偽りはひとつもなかったのだ。

冬休みを経て三学期がはじまった。ある日の夜、ぼくと帆名はめずらしく二人そろってリビングでテレビを見ていた。両親は出かけていて、家はひさしぶりの子供天下でカップラーメンやスナック菓子などがテーブルの上に散乱していた。

テレビの中では数人の芸能人たちが、「危険な恋愛体質」というテーマで熱っぽくトークしている。「昔の恋愛話ですけど、やましいことなんかないのに、男友達をすべて切れと命令されたときはハア？　と思いました。勘違いで私の兄にまでキレて、俺の女に手を出すんじゃねえぞと怒鳴ったときに、この男と別れようと思いましたね」「たまにいるよなあ、そういう束縛男」「女にもいるって。ほんとタチが悪いよねえ。その嫉妬を二人だけの問題にしないところが、とくに」

ぼくは数秒間静止したように、テレビ画面を眺めていた。自然と砂岡を思い出し、その恐怖が冷汗となって背中を伝う。となりでは、帆名がカップラーメンの湯気に小さく咳き込み、そのまま宙を見つめながらつぶやいた。

「そういえば、慰謝料二万って？」

「……なんの話？」

「ほら、黄色いバイクに乗ってた、あんたの高校の先輩の話。いつだったかウチの前で、慰謝料二万で解放とかそんな感じのこといってただろ」

ぼくは舌打ちをしかけた。こいつ聞いてたのか……。

「うーん。何かのたとえ話だったような……。もう覚えてないな」

「あんたの欠けた前歯はどうなった？」

「差し歯にした。知ってるだろ。ていうか、なんで今更そんなこと聞くんだよ？」

「べつに。ふと思い出しただけ」帆名は気だるそうに首を回し、言った。「そういえば、あのバイク、最近よく見かけるよ。あたしの高校の近くに新しくできたパチンコ屋があって、その駐車場に停まってる。ミラーの枠がしゃちほこの形だから、すぐにわかった」

「ふうん。で？」

「べつに。それだけ」

二日後の夕刻、帆名は鼻血をだぼだぼ流しながら帰ってきた。鼻筋がいびつに折れ曲がり、紫色に腫れあがっていた。両手でおさえているが、その手も血だらけだ。「……やべえ。鼻血がとまんねえ」帆名はそう言うと、ふらふらと廊下に倒れこんだ。ぼくは短い悲鳴をあげると、急いでティッシュボックスを持って帆名に駆け寄った。大量のティッシュを抜き取って、その潰れた鼻に押しあてた。ティッシュはあっというまに血を吸い、赤黒いぶよぶよの塊になった。

「お母さんっ」ぼくは泣かんばかりに叫んだ。「救急車！　早く救急車を呼んで！」

夕食の準備中だった母がようやくこの騒動に気づき、あわてて１１９にコールした。流れ出る鼻血で帆名の顔は真っ赤に染まっている。昔観た洋画に出てくるグロテスクな怪人を思い出した。母は気が動転し、「ほら勇帆、ぼんやりしてないで人工呼吸！　心臓マッサージ！　電気ショックは？　乾電池じゃ無理かしら……」などと言った。

「一体何があったんだよ」

ぼくは半分怒鳴るように訊いた。帆名はその問いにはこたえず、仰向けのままぼくの顔を見上げて言った。「……明日香と別れたんだって？」

「いまは関係ないだろ」

「……あいつ、怒ってたよ」

思わず目を伏せた。怒って当然だろう。

「砂岡ってやつに」

「え」

「田舎の学生の世界って本当に狭いよなあ。どの学校にも悪ぶってるやつはいるよ。あたしの高校にもね。その一人が、あんたのことを笑いながら話してた。B高のカスが砂岡さんの女に手を出そうとしてシメられた、って。明日香もそれを聞いた。勇帆の様子がおかしかったのはそのせいか、って合点したみたい……」

「おれは砂岡の女に手なんか出してない」

「知ってるよ。あんたはそういうタイプじゃない。多少、見慣れない小綺麗なギャルに目を奪われることはあっても、手を出すほどの度胸はない」

なんでもお見通しか。さすが双子のきょうだい。

「もちろん明日香もそう考えた。ただ、あの子はあんたの度胸のなさを優しさだと思ってる。だから砂岡に怒ったんだ……」

嫌な予感がした。

「だから、な、何があったんだよ」

「あたしの高校の不良モドキが最初に、パチンコ屋に停まってる砂岡のバイクに気づいたんだ。あたしはそれで、あのときウチの前で慰謝料二万とかいってた男が砂岡だとわかった。で、そのあとが失敗……。帰り道、その話を何気なく明日香にしちゃったんだよ。だってさあ、まさか、明日香が一目散にパチンコ屋の駐車場に走っていって、砂岡のバイクを蹴り倒すなんて夢にも思わないじゃん」

帆名は最後の部分だけ笑って言った。ぼくは脳天を叩き割られたような衝撃を受けた。

「あ、明日香が、砂岡のバイクを？」

「そう。で、そのあとがもっと失敗……。明日香と二人、店内の砂岡に見つかる前に逃げたんだ。だけど……」

「だけどなんだよ？」ぼくはもう、耳をふさぎたかった。

「悔しくなって。明日香があそこまでやったのに、あたしが何もせずに帰っちゃだめだろって。無鉄砲はあたしの分野なのに。だから、近くのホームセンターで金属バットを買ってから舞い戻った。もちろん明日香と別れたあとにね。明日香はこの状況を知らない。妙な罪悪感を持たせたくないから、あの子には黙っててよ。この傷も電柱にぶつかったことにするからさ……」

「……じゃあ、やっぱり砂岡にやられたんだな、それ？」

「かわりに、あいつのバイク、ぶっ壊してやったから……。いちお、こっちの勝ちでいいんじゃないの？」

ぼくは涙をこらえながら、言った。「ああ。大勝利だよ」

気を失いつつある帆名の頬にそっと触れた。それは間違いなく女の頬だった。砂岡はこの柔い頬に、男の拳をぶち込んだのだ。

鼻骨骨折、全治約二ヵ月。帆名は結局この怪我を、五感の修行のために目隠しをして走っていたら電柱にぶつかった、で押し通した。診断した医師も呆れはて、「間違いなく殴られた傷ですね」と言ったが、帆名は認めなかった。こうなると梃子でも動かず、なので両親二人は苦渋に満ちた表情で納得するほかなかった。

バイクを壊された砂岡のほうも、この件を警察沙汰にはしなかった。が、かわりに冷酷な報復を目論んだようだ。最初、ぼくにその情報を伝えてくれたのは万台だった。「おまえの姉ちゃん、砂岡グループに狙われてるらしいぞ。報復の集団暴行。気をつけろよ」

砂岡はあらためて帆名のことを調べ、機会を見て暴行しろ、と部下の連中に命じたらしい。その暴行の中には強姦も含まれていたようだ。写真や動画を撮って脅し、金を取り、最終的には自殺に追い込むのが目的だという。ことの発端であるぼくはもはや完全に蚊帳の外だった。きょうだい二人を同時に痛めつけるという選択もあったと思うが、それを除外するほど、砂岡の怒りは帆名だけに集中してしまったらしい。

駅裏のヤンキー。

高校に入学してからの約一年間、彼らの前を通るとき、いつも目を伏せた。背中を丸めていた。弱々しく、逃げるように、道の端っこを歩いた。しかしいま、彼らの眼前へと向かうぼくの足取りは妙に力強い。この行動は当然、帆名には内緒だ。近くの道を派手な改造車が猛スピードで走り抜け、駅裏のほうへ向かった。浜崎(はまさき)あゆみの歌を大音量で流していた。ぼくはそれにも怯まない。胸を張り、前だけを見ていた。死ぬかもしれない。それでもいい。ぼくの命ひとつで彼らの溜飲が下がるなら、それでいい。

　不思議な感覚だ。恐怖もなければ勇気もない。一体この気持ちはなんだろう。頭の中で何度も問いかけながら、答えはすでにわかっていた。使命感だ。おそらく生まれたときから背負っている、魂の望み。大事なものを守る。それだけ。この使命感はどんな恐怖にも負けないし、かといって、勇気によって奮い立たせるものでもない。ごく自然に、最初から約束されたように、その瞬間あらわれる。

「もしも……おれのきょうだいに手を出したら、おまえらを絶対に許さないからな」

　取り囲む駅裏のヤンキー集団を前に、ぼくは声を張った。

　同時に背後から、「イェェェイ！」と、耳をつんざくような野蛮な声があがった。

　みな何事かと怪訝そうな目を向ける。ヤンキーの一人がＣＤラジカセでパンクロックの音楽を流したらしい。「いや、ちょっと演出で音楽を加えようと思って……。でも、そういう空気じゃなかったな。ごめん」彼はすぐに音を切り、冗談だよと肩をすくめた。

　その彼の自嘲まじりの吐息のあと、周囲の視線はふたたびこちらへと向く。目の前にはストⅡザンギエフのような巨漢が立っていて、すぐにでもぼくの首をへし曲げたいと言わんばかりに、鋭くにらみつけていた。

「だからさあ」しかしザンギエフは困ったように言った。「おまえ、誰だよ？」

「里居勇帆。おまえらが狙ってる、里居帆名のきょうだいだよ」

「サトイって……」彼は周囲の仲間をぐるりと見回し、言った。「誰だっけ？」

「あー、もしかして、砂岡さんがいってた女のことじゃね？　ほら、みんなでボコボコにしろってさ」長髪のヤンキーがこたえた。「そのきょうだいが、そういうのやめてくれ、っていいに来たってことでしょ。当たってる？　えーと、サトイ君」

「え、うん、当たってるけど……」

「なんだよ」ザンギエフは拍子抜けしたように舌打ちし、さっと背を向けた。「S村のやつらの一人かと思って殴るとこだったわ。つまんねえの」

「じゃ、きみ、もう帰っていいよ」また別のヤンキーがぼくに向かって短く手を振り、言った。「その女にかんしては俺らはノータッチだから。砂岡さんにしても、たぶん何もしないと思うぜ。あの人、噂ほどやばくないし」

「その殺しも、ほとんど事故みたいなもんだったしなあ」誰かが小さくつぶやいた。

「あの……」ぼくは唖然としながら、「本当に、何もしないの？」

「する理由がない。しかも女」長髪のヤンキーは面倒臭そうに息をついた。「砂岡さんは地元の先輩で、まあまあ世話にもなってるけど、かといって俺らはべつに犬じゃないから。砂岡さんにゲロ舐めろっていわれて素直に舐めるやつ、ここにはいない。わかったなら、さっさと帰れ。これからみんなでパラパラの練習するんだ。もう古くね？　って笑うなよ。それこそ殴るぞ」


奇妙な浮遊感を引きずったまま、ぼくは自宅に帰った。父はまだ仕事、母は買い物に出かけているようだ。リビングには帆名だけがいて、ソファの上、乱れた格好で眠っていた。鼻を覆い隠す分厚い包帯はまだ取れず、苦しそうに口呼吸をしている。ふと思う。こいつはいつまで無茶をするんだろう、いつまで無茶ができるんだろう。こんなことをつづけていれば、いずれ……。なぜか涙がこみあげる。荒廃した未来の世界に昇るただひとつの朝陽を見たような、強烈な切なさに襲われた。

　ぼくはかぶりを振る。気分を変えようと冷蔵庫を開け、父がストックしている缶ビールをひとつ、いただいた。ひと口ごくりと飲む。

　そのとき、ふいに帆名がむくりと起き出して、ぼくのほうを見やった。

「……ん、おかえり」まだ寝ぼけ眼で、ろれつも怪しい。「……なに飲んでんの？　コーラなら、あたしにもひと口」

　ぼくは黙ったまま、酷い顔の帆名をしばらく眺めていた。そして考えた。

　──今日、身の危険を覚悟して大勢のヤンキー集団に闘いを挑んだけれど、何も傷つくことなく家に戻ってこられたいま、ぼくはやけりホッとしている。

「……なんで黙ってんの」

「ときどき無性にうらやましくなるよ、おまえが」ぼくはつぶやいた。「おれもおまえみたいに、自分の命よりも……」

「何をワケのわからぬことを」

　帆名は面倒臭そうにあくびをすると、ふたたびソファに転がった。「寝る」

　ぼくはため息をついた。まあいいか、と思い、自室へと戻った。いまは、ほかにやるべきことがあった。

　大袈裟だけれど、今日、もしも生きて帰れたら、電話しようと決めていた。謝ろうと、正直に話そうと、いまの素直な気持ちを伝えようと、そして少しばかり、明日香の無茶を怒ってやろうと。何かを修復したいわけじゃない。ただ、彼女の勇気と情熱に答えを返したかった。

ぼくはポケットから携帯電話を取り出すと、震える指でボタンを押した。

6　赤い夜の果てに

二〇〇四年の初冬、わが家は全焼した。この年は本当に大きなものを失った。

家を包み込む炎は闇夜に開いた大きな風穴のようで、もくもくと伸びる灰色の煙はそのまま夜雲の一部となった。小さな火の粉が蛍のようにはらはらと宙を舞い、ちょうど落ちてきた粉雪とも混ざりあい、その儚(はかな)いような美しさが野次馬たちの目を一瞬奪った。懸命な消火活動もむなしく、家は長時間にわたって燃えつづけた。隣近所に飛び火しなかったことが不幸中の幸いだった。

ぼくは、燃え盛るわが家をただ呆然と眺めていたわけではない。我を忘れたように巨大な火柱の中に飛び込もうとした。けれどその瞬間、背後からいくつもの手が伸びて絡みつき、ぼくを押さえつけた。消防隊、警察官、近所の住民――彼らの手を振り払おうと必死にもがいた。

「はなしてくださいっ。いかなきゃ……。はなせ！」

しかし実際、威勢がいいのは声だけで、体の力はほとんど抜け落ちていたように思う。意識の奥底に芽生えた喪失への小さな予感は、炎に削ぎ落とされてゆく家の外壁を見て、いっきに膨らんだ。

燃える。

消える。

死ぬ。

ふと気づくと、足元に白い蛇が一匹、するすると這ってきた。灰や土で汚れているが、それでも自身の無傷を自慢するかのように、その細い体を器用にくねらせた。蛇はまるで、業火をまとうわが家から脱出できた唯一のもの——姉の魂の化身に思えた。

*

ある晩の夕食後、両親二人が神妙な様子で「大事な話がある」と言ってきた。ぼくと帆名はテレビの消えた静まったリビングで、両親二人と向き合った。「ついにきたか」とぼくは内心でつぶやきながら、彼らの表情をうかがった。父は心なしか緊張した面持ちで、何度か咳払いをしてから告げた。

「お母さんと離婚することが正式に決まった。この家は俺がそのまま住む。お母さんは来週の木曜日に出ていく予定だ。まあ承知だと思うが、かといって、おまえたちと親子の縁が切れるわけじゃない。おまえたちが、俺やお母さんに会いたいと望めば、いつでも会える。たまに四人で食事をすることも可能だ。だから、これは、そういう離婚だと考えてくれたらいい」

円満離婚というやつだ。何年か前、母の不倫騒動があり、そのときに一度夫婦間の問題が浮き彫りになって離婚の話が持ちあがった。それが時を経て結局、果たされるわけだ。本当は子供たちが成人するタイミングを考えていたようだが、少し前に事情が変わった。その子供が二人とも、高校卒業後、進学せずに家を出て働くと決めたからだ。ぼくはともかく、帆名まで大学進学を蹴って働くと言ったときは、「血迷ったことをいうな！」と、やはり父は声を荒らげた。そのとなりで母は、「またこの子か……」と脱力気味につぶやき、どっとため息を吐いた。

「帆名、おまえはたしかに馬鹿だが、不思議と成績だけはいい。A高でもトップクラスだったんだろう。なら、ちゃんと大学にいくべきだ。信じられないかもしれないが、俺はべつに、学歴をどうこういいたいわけじゃない。いい大学にいこうが、いい会社に勤めようが、外道も鬼畜もたくさんいる世の中だ。大事なのは心だ、まっとうな精神だ。つまり、それを養うために、おまえ自身の可能性の限界に挑戦してほしいんだよ」

父はなかば必死の形相で訴えかけていた。その様子を見て、ぼくの中にふと小さな感慨が芽生えた。

「ごめんお父さん、あたしもいろいろ考えて出した結論だから」帆名は冷淡に言った。

「大学いかずに働くって、一体何をするつもりだ？」

「とりあえず奄美と沖縄、いったり来たりする。仕事はなんでもいいんだ。飯と住居さえあれば問題なし」

なんの答えにもなっていない、と父は顔をしかめ、かぶりを振った。

「奄美、沖縄……。やっぱり家を出るんだな。それはまあ、いいが。とにかく、そこに一体何がある」

「さあ。ただ、蛇がいる」帆名が言うと、家族はみな、うんざりしたように天を仰いだ。

「ふざけ――」父はおもいきり怒鳴りたいのだろうが、怒鳴ったところでこの娘が何ひとつ意志を曲げないことは知っている。だから、ふざけるなの言葉は途中で切れ、乱暴な咳払いとして空に散った。

「もういいですよ、お父さん」母は半分呆れ、もう半分は労わるように言った。「この子は宇宙人なんです。壊れた宇宙船を修理して、いつか自分の星へと帰るんです。いまはその途中……そう考えましょう」

「あのさ」ぼくは割り込むように言った。「ちなみに、おれも就職希望なんだけど」

「そうか」父は力なくうなずいた。帆名のときとは大違いだ。「まあ、よくわからん大学へいって、貴重な四年間を自分探しの旅に費やすくらいなら、働いたほうがいいかもしれないな」

何をするか聞きもしない。ぼくは密かに冷笑を浮かべた。

「というわけで」帆名は言いながら、強引にぼくと肩を組んだ。「あたしらは二人とも家を出て働きます。だからお父さんたちも、さっさと離婚しちゃえば？」


「で、沖縄で何すんの？」

その夜、なかなか寝つけなかったぼくはインスタントのコーヒーを二つつくって、帆名の部屋をおとずれた。入るなり、やはり自然と大きな本棚に目がいく。

彼女はコーヒーを受け取ると、

「蛇を探す。いったとおりだよ」

「本当のこといえよ」

「本当だよ。嘘ついたってしょうがねえじゃん。蛇サイコー、ダイスキ。だから探す。それだけ」

「こんなにいるのに、まだ欲しいのかよ」

　ぼくはそう言うと、本棚をサイドから両手でぐっと押した。キャスター付きで、簡単に横にスライドできる。すると隠されていた骨組みのような別の棚があらわになり、そこには大小まじった五つのガラスのケージが程よい間隔を空け、並んだり重なったりしていた。ひとつのケージに一匹の蛇。この部屋には全部で五匹の蛇がいる。茶、白、縞、暗緑色、赤……。ケージの中は床材として広葉樹マットが敷かれ、蛇用の木づくりシェルターも置かれている。蛇は各々隠れていたり、とぐろを巻いていたり、うごめいていたりと、のんきな様子だ。かつてこの部屋に散乱していた蛇のゴム人形はすべて消え、いつしか本物の蛇と入れ替わっていた。ぼくはもうこの光景に慣れたが、母などが見たら気絶するだろう。だから、こうして本棚の裏に隠してあるのだ。当然、毒蛇は一匹もいないらしいが、帆名の言うことなので完全には信じられない。

「たった五匹しかいないじゃん」帆名はむっとして言った。

「充分だろ」

「日本にいる蛇の種類は四十二。一般的に知られている蛇なら近場でも見つけることができるけど、より多くの種類の蛇と出会いたいなら奄美や沖縄の離島にいくのがベストらしい。そこにしか生息しないめずらしい蛇はたくさんいる」

　呆れた。蛇探しは本当らしい。「一体、蛇の何が……」

「スネークミルカーって仕事、知ってる？」帆名は言った。「血清なんかをつくるためにいろんな蛇の毒を採取するんだって。血清だけじゃなくて、心不全とかの治療薬の資源にもなるらしい。

蛇の毒は薬開発の重要物質なの」

治療薬……。結局は人助けが目的か？ 偽善だとか言われたくないから、蛇好きで押し通しているのだろうか。「ていうか、それって、大学卒業したあとでもやれる仕事なんじゃないの？」

「目的地が決まっているのに、寄り道する意味がわからん」

「うーん」納得できるような、できないような……。「でもさ、毒蛇を扱うんだろ。もしも自分が咬まれたらどうするんだ。最悪、死ぬかもよ」

「解毒剤の常備が厳守だから問題なし」

「いい切れないだろ。解毒剤に手がとどく前に息絶える可能性だってあるよ」

「そのときは寿命だと思って受け入れるよ」

沈黙。

「前から聞こうと思ってたんだけど」

「なに？」帆名は首をひねりながら、空になったコーヒーカップをぼくに押しつけた。

「おまえって、一体なんのために生きてるの？」

普通の人ならこうこたえるだろう。幸せになるため。だが、こいつは……。

「はあ？」破顔しつつも、しばらく考えたあと、帆名は言った。「誰かと会って、どこかへいって、何かを知って、そういうことをくりかえしているとさ、たまにピンとくるんだよ。頭だか心だか知らないけど、あたしの中で何かがピンとくるの。でも、なんでピンときたのか全然わかんないの。考えても。だから行動するの。なぜピンときたのかを知るために。行動して、飛び込んで、深く関わって、とことん突きつめて、それでようやく、以前ピンときた理由がわかるんだ。

まあ、そのころにはもう、その理由もどうでもよくなっていたりするんだけどね。結果のために行動するのに、その行動が濃厚すぎて、いつしか結果に興味なくしてんの。あほだろ」

「それが答え？」こめかみが痛んだ。抽象的すぎて咀嚼する気にもなれない。

「さあ。でも、いまあんたに問われて、ぱっと浮かんだのがそれ」

「……ピン、ねえ」思わず豪快に倒れるボウリングのピンを連想したが、ばかばかしいので口にはしなかった。「まあいいや。もう寝る。おやすみ」

　踵を返し部屋を出ていこうとしたぼくを、帆名が「待った」と呼びとめた。

「こっちにも話がある。お父さんの変化だけど、どう思う？」

やっぱりこいつも気づいていたか。ぼくは口許に手をあて、

「正直、かなり丸くなったと思うよ。お父さんなりに、いろいろ反省したのかもな」

「血みどろの事件とかが起きたわけじゃないのに、これほど綺麗にばらばらになる家族もめずらしいもんなあ。家長としては相当な不名誉だろ」

「面白がるなよ。たぶん、おまえだって原因のひとつなんだぞ、帆名」

「それは自覚してるよ」でも反省はしてない。そんな顔だ。「まあ、あたしがいいたいのはさ、とにかくいまの二人だったら、どうにかなるんじゃないかな、ってこと」

うんうん。ぼくは同調するように何度もうなずいた。そうだ、こちらもまさに同じことを考えていた。いまの父なら、もう一度母と……。

　帆名は大きな瞳を輝かせ、「お母さんが家を出ていく前の晩、家族で『さよなら会』をしようよ。あたし謝りたいんだ、お父さんとお母さんに。中学の卒業式のこととか。いままで意地張っ

ちゃって、ずっと謝れなかった。また喧嘩になるかもって思うと面倒臭くてさ。でも、いまの二人なら、あたしの謝罪も黙って聞いてくれそうじゃん」

「いやそれも大事だけどさ」ぼくは難色を示す。「ほかにあるだろ」

「何が？」

「もういいよ」

ぼくは呆れたように首を振った。


子供たちが成人してから離婚する、それまでは義務として表向き普通の夫婦をつづけよう。両親は何年か前にそう取り決め、逸脱することなくしっかりとこなしてきた。皮肉にもその時間が父と母に新たな可能性をもたらした。変容の機会になったのだ。父は自身の凝り固まった価値観と横柄さを省みて、母は、過剰に父の機嫌をうかがうことをやめ、しっかりと自己主張することを覚えた。その結果、互いの「人間臭さ」がいいクッションになって、ぶつかりあうことが極端に減った。以前は皆無だった友愛的なムードが漂い、同時に家族の中から殺伐さが消えた。

離婚する必要が本当にあるのだろうか？

夫婦として愛し合うのとはちがう。それをやめたからいい関係になれた。ただ、そういう友愛は永遠にはつづかない。長く一緒にいれば、またどこかで要求が増え、期待し、そして失望や幻滅をくりかえすことになる。だから、いまが潮時。絶好の離別の時期……。

父ならそんなふうに言いそうだ。母にしても、無理にこの関係に執着はしないだろう。帆名は過去の暴挙に対する謝罪しか考えていない。

つまり家族の命運は、ぼくにかかっているわけだ。うまく父と母を説得できれば……。とはいえ、それは正解不正解でいうと一体どっちになるのだろう。わからない。ぼく自身の気持ちもあいまいだ。両親の離婚をくいとめたいと思う反面、どうでもいいや、という諦念もある。そもそも、ぼくはもう十八歳で、近々家を出る。今更親を過度に気にかけるのも恥ずかしい。だけど……。

堂々巡りだ。大きく深呼吸してから、「よし」とうなずいた。

タイムリミットは翌週、水曜日の夜――。帆名が計画している「さよなら会」が開かれる前に自分なりの答えを見つけ、どう行動するかを決めよう。そう思い、休日、さっそく自転車を引っ張りだして町を走った。行き詰まったときは人と会うに限る。

「おう、勇帆じゃん。ひさしぶり」

昌晴は家の車庫の中でバイクをいじっていた。自慢のナナハン。彼は身を起こし、バイクから離れると、作業着っぽい衣服についた埃を振り払った。茶髪の坊主頭、たくさんのピアスの穴、整った濃い口髭、横に広がった体型。昌晴はポケットから煙草を取り出すと一本くわえて火をつけた。おまえも吸う？　ぼくに問いかける彼の表情はもう幼さの欠片もなく、そのへんの居酒屋に入り浸るモトヤンの中年オヤジのようだった。

「いい。煙草吸わないんだ、おれ」ぼくは自転車から降りると、車庫の中に入る。

「ふうん。で、どうしたの急に？　めずらしいじゃん」

「たまたま通りかかって、車庫に昌晴の姿を見つけたから、ちょっと声をかけてみた」

昌晴は高校卒業後、近くの自動車整備工場で働くらしい。そうしながら、実家の農業も手伝うという。

「和菓子職人になるんだって？」昌晴は陽気に尋ねた。

さすが田舎。情報が早いのはお互い様か。ぼくはこくんとうなずいた。

「なんで和菓子？」

「……さあ」ぼくはあいまいな口調で、「甘いものが好きだから、かな」

「ならパティシエでいいじゃん」

たしかにそうだ。なぜ和菓子？　就職先を決めてから会う人会う人にこの質問をされたが、まともに答えたことは一度もない。最初のころは進学も考えていたが、その動機が自分の中で、まったくと言っていいほど発見できなかった。合コン、サークル、バカ騒ぎ……。偏見まじりだが、待ち受けている実のない未来に愕然とし、思い切って就職へ方向転換した。最初は何を血迷ったのか、カリスマ美容師ブームに乗っかってやろうと考えたが、すぐに断念した。ガラじゃない。いろいろ検討し、最終的にたどり着いたのが和菓子職人だった。とくに好物でもない、つくるのは素人以下、なのになぜ和菓子――。

誰もがそう思ったし、自分自身でさえ首をかしげた。ただ、和菓子を見かけたとき、なぜかピンときたのだ。植物や動物、自然などをモチーフにした見た目がとても美しく、練切(ねりきり)の職人技にも心惹かれた。五感で味わう、という考えに奥深さを覚えたのも事実だ。それでも、やはり動機としては弱いだろう。だから、とりあえずやってみようと思ったのかもしれない。ピンときた理由を知るために。

ふと思考を切り、微苦笑を浮かべた。帆名に呆れていた自分を少しばかり反省した。

「まあ、どっちかっていうと、クリームより餡子のほうが好きだし」

ぼくがこたえると、昌晴は「たしかに餡子うめえもんな」と言い、煙草の煙を天井に向かってふーっと吐き出した。もしもあの鬼祖母が生きていたら、いまごろ昌晴を怒鳴りつけているだろうな、と思い、ぼくは目を細めた。また粋がって煙草なんか吸ってえ、この肺ガン予備軍があ！

二年前の通夜、堪えきれずに泣いた昌晴の姿を思い出す——。

「また顔だすよ」ぼくはそう言い、さっと手を振った。

「いつでもこいよ。今度は俺の彼女、紹介するから」

「楽しみにしてる。じゃ、また」

身を翻し、ふたたび自転車に跨がった。


満と頓葉は町の図書館にいた。携帯電話で尋ねると、そこにいるというので、ぼくも向かった。

二人は勉強でもしているのかと思いきや、『バイオハザード』の映画とゲームのちがいについて、熱っぽく話し合っていた。映画のアリスのキャラ微妙、普通の人間VSゾンビだからワクワクするのに、超人VSゾンビじゃしらけるよねえ……。そう？　僕は好きだけどなあ、雑草を刈るみたいにやられるゾンビたちを見るとスカッとするじゃん。

「二人にちょっと聞きたいことがあって」

図書館に到着するなり、ぼくは言った。両親の離婚が回避できそうなんだけど、手を出すかどうか迷ってる、二人ならどうする？

彼らは小さくうなってから、口をそろえて「意味ないよ」と言った。「こういうのって結局、どれだけ人に意見を聞いても最終的には自分の意思で決めちゃうもんだからね」

「まあそうだけど……」ぼくは口を尖らせた。「そういう人の意見が知らぬまに血肉になって、無意識のうちに自分の意思に影響を及ぼすかもしれないじゃん」

「親と直接話せば？」満は言った。「正直にこたえないかもしれない、はぐらかされるかもしれない、でも、そういう会話の中から相手の本心を探るのも楽しいよ。少なくとも、ぼくらに意見を求めるよりは有意義だと思う」

頓葉もうなずく。二人とも、高校生活の中で優秀さにさらに磨きをかけた。もうぼくの入る余地などないのかもしれないと、少し寂しく思うほどに。

「サンキュー。そうしてみる」来て十分もしないうちに、ぼくは図書館を出た。


明日香と会うのはなかなか困難だった。休日は会えない。なので、翌週月曜日の夕方、明日香の地元の最寄り駅の改札口付近で、こっそりと待ち伏せした。これが連日つづくようならストーカーだが、一日だけならまあ許されるだろう。あとは、明日香を見つけたときに彼氏が一緒でなければ、声をかけやすいのだが……。

高一のヤンキー事件のときに一度破局したぼくと明日香だが、その後、奇跡の復活を果たした。再燃交際ということで絆もより深まって、盛りあがって、結婚を約束した瞬間もあった。しかし結局、それも長くはつづかなかった。

あるころから連絡をとることが減りはじめ、しだいに音信不通の期間も長くなっていった。三日、一週間、一ヵ月……。いつしか自然消滅の文字が頭を過るようになる。それだけは避けたいとぼくのほうから呼びかけ、一応話し合いのすえに別れた。その後、お互い別の恋人ができたが、ぼくは無駄に美化された明日香との思い出に引きずられ、次の恋愛にまったく集中できなかった。当然その彼女にもあっさりと愛想をつかされ、また都合よく傷心に酔いしれた孤独な日々に舞い戻ったのだった。その間、明日香は新たな彼氏と順調に愛を育み、いまに至るまでたいした破局の危機もなく、ラブラブらしい。ぼくが思い出に生きているあいだ、明日香はちゃんと現実を生きていたわけだ。男と女のちがいをまざまざと見せつけられたようで、大いにショックを受けた。

「ひさしぶり。ちょっといいかな、話があって……」

ぼくはぎこちなく手をあげ、ちょうど駅から出てきた明日香に声をかけた。彼女は一人だった。彼氏と待ち合わせをしている気配もない。それでも、少し怪訝そうな目をぼくに向け、「あー、ひさしぶり。どうしたの」と首をかしげた。

ぼくは努めて飄々とし、言った。「眉毛、ちょっと太いじゃん。前は細かったけど」

「これからは太眉の時代かなと思って。ていうか、話ってそれ？」

いや……。ぼくは口ごもる。話があると呼び止めたはいいが、面と向かうとなかなか言葉が出てこない。

「これから塾なの。わたしいま、勝率三十パーの受験生。だから急いでる」明日香は腕時計を見ながら言った。「何も用がないなら、これで……」

なかば逃げるように踵を返した明日香の背中に向かって、ぼくは思わず言い放った。

「あのさ！　おれと別れようと思った決定的な理由ってなに？」

なぜこんな問いを……。明日香はピタリと動きを止め、肩越しにこちらを向いた。瞳がかすかに潤み、ここではないどこかを見つめているようだった。

「今更それ訊く？」

「ごめん……。でも、いま、どうしても知りたくて」

冷めた、嫌いになった、ほかに好きな人ができた。当然それらの答えを予想したが、さいわい外れた。

「えーと」大きなため息と一緒に、明日香はこたえた。「たぶん、『どん引き』に負けたんだと思う」

「どん引き？」

「たとえば音楽でいうと、軽めの恋愛や応援ソングだけじゃなくて、ときには反戦ソングなんかも歌わなきゃいけないときがあるでしょ。でも反戦って重いじゃん。世界平和って壮大すぎて個人が歌うと逆にしらけちゃうじゃん。Mステで戦争反対！　なんていう曲が流れてきたら、わたしはチャンネルを変えちゃうと思う。うわあ重っ……って。もしも彼氏が少年犯罪とか地球温暖化について熱弁してきたら、わたしは引くと思う。どうでもいいじゃんそんなこと、それよりコンビニにいって夜食でも買おうよ、って」

「おれは少年犯罪も地球温暖化も語ったことはないはずだけど」

「そうだね。でも、それと同じくらい重いものが、わたしたち二人のあいだにもあったんだよ。大事にしてるもの、曲げられない価値観、将来のビジョン——。意見がくいちがうたびに口論になって、お互いうんざりして、面倒臭がって、チャンネルを変えた。たぶん相性のいいカップルなら、そういうのもうまく混ぜ合わせて、関係を深めていけるんだと思う。でも、わたしたちにはできなかった。わたしは勇帆の『どん引き』にうんざりしたし、勇帆もわたしの『どん引き』を面倒臭がった。だから別れた」

「お母さん、相手いるぞ。再婚も予定しているそうだ」

父はこともなげに言った。

その晩、ぼくは書斎で煙草を吹かす父のもとをおとずれた。お母さんと離婚する必要はないんじゃないか、いま二人はすごくうまくやっている、だから考え直してみてはどうか……。誰のどの話が自分の中で「血肉」になったのかはわからないが、とにかく、そう伝えてみた。

しかし父の返答は、「もう遅い」だった。母には新しい相手がいるらしい。

「例のミュージカル俳優？」

「いや、別の男性だ。普通の会社員で、バツイチだがまあ、信用できる人だ。年下のイケメンや金持ちのジイサンとかじゃなくて、俺もほっとしてるよ」

「お母さんって……」ぼくは軽い目眩に襲われた。「意外とモテるんだな」

「らしいな」父は窓の向こうに視線を投げ、煙草の煙に目をしばたたかせた。「もっと大事にするべきだったよ。いまさら後悔しても遅いが」

「最後にジタバタする気はないの？」

「最後だけジタバタしてもだめさ。自己満足もしくは傍迷惑で終わるだろう。最初から全力を尽くさなかった報いを思い知るだけだ」

じつに父らしい考え方だが、やはりずいぶんと丸くなったように思う。

「ありがとうな、勇帆。気をつかってくれて」

父は言いながら、短くなった煙草を、ガラスの灰皿にうずたかく積もった吸殻の中にズボリと突き刺した。火種を潰さず、灰の山で消火するやり方——。こういうのが火事の元だと注意し、マメに片付けてくれる人を、父は失うのだ。


翌朝、かなり早起きしたぼくは、リビングで朝食の準備をする母といっとき二人きりになった。皮肉まじりに「再婚おめでとう」と言うと、母は素早く肩をすくめ、

「再婚なんてまだ先よ。離婚してすぐじゃ節操がないでしょう。三年は様子見ね」

「どんな人？　相手」もはや興味もないが、一応訊いておく。

「理想と程遠い人。だけど穏和ね。争いは起きそうにないかな」

「お母さんの理想ってなに？」

「昔から一匹狼みたいな男性が好きだったのよ」

母は遠い過去に思いを馳せるような目で、つづけた。

「誰ともつるまないで、誰にも媚びないで、とにかく我が道をいく。そういう男性を陰ながら支えるのに憧れてた。いつか出会うだろうって夢見てたけど、結局、出会わなかったわね。欲しいものと似合うものは一致しないってよくいうけど、そんな感じ」

勝手な言い分だ、と鼻を鳴らした。その時々で欲しいものも似合うものも曖昧だったからこそ、いまの母がいるのではないかと思った。

「夢を捨てるにはまだ早いんじゃないの。何回かの再婚のはてに出会うかもよ、理想の一匹狼

と」

「無理よ」母は少女のように頰を膨らまし、それをふーっと萎めた。「すでに帆名がいるからね」

「あー」なるほど、とぼくはうなずいた。

「あの子が私の理想を全部奪って出てきちゃったのよ、たぶん」

あいつが生まれるときに奪ったものは、ぼくの能力だけじゃなかったようだ。ただ、そのすべてを無意味あるいはいつでも捨てられるものとして、帆名は生きている。それもまた、母の理想の一匹狼を体現しているのかもしれないが。


タイムリミット。水曜の夜になり、予定どおり家族の「さよなら会」が開かれることになった。明日、母はこの家を出ていく。もう荷物もまとめてある。しばらくのあいだは上越の実家で暮らすらしい。父が車で送っていくそうだ。

結局、ぼくは両親の離婚を回避できなかった。たんに、いままで聞けなかった話をしただけだった。久方ぶりに昔馴染の友人たちにも会ったが、古傷に塩を塗られた気分になったくらいで、さほど意味はなかった。

運命――。

ふと、そんな言葉が浮かんだ。家族になるのも、ばらばらになるのも。

「帆名、まだ帰ってこないの？」夕刻、母が苛立たしげにつぶやいた。「パーティーの発案者がいないってありえないわね」

「そのうち帰ってくるさ」と言いつつ、父は柄にもなく落ち着かない様子で、先ほどから何度も書斎とリビングをいったり来たりしている。そのつど取り巻く煙草のにおいがきつくなっている。最後の夜。普段どおり何気なく過ごす、ということができない父の厳格な性分を少し憐れに思った。

「おれ、ちょっと迎えにいってくるよ。たしかホームセンターでクラッカーを買うっていってたから、そこにいると思う」

ぼくは自転車に乗り、陽が落ちたばかりの町中を、街灯をたどるように駆け抜けた。ひんやりとした乾いた風に頬を打たれるたび、かすかな冬の気配を感じる。帰宅ラッシュで渋滞中の車を遠目に見ながら、どんどん速度をあげていった。

途中、奇妙な目眩に襲われた。いまのは一体なんだろう。ぼくは気分を整えようと、自転車を停めてかぶりを振った。田畑に囲まれた一本道をぐるりと見渡し、急に心許なくなった。遠くの民家のほうから悲鳴めいた声が聞こえたが、気のせいだろうか。

たどり着いたホームセンターは、なぜか騒然としていた。商品が床に散乱し、陳列棚も大きく傾いていた。店員と客が円を描くようにあわただしく駆け回ったり、また硬直したようにうずくまっている人もいた。「何があったんですか」近くにいた中年男性に尋ねると、彼は興奮したように早口で話した。

「気づかなかったのか？　さっき大きな地震があったんだよ。下からゴツッて突きあげるようなさ。地面がへの字に曲がったかと思った――」

言ったそばから余震だ。ぐらぐら……。天井にぶら下がっているいくつかの看板が大きく揺れた。先ほどの目眩の正体はこれか、と合点した。自転車で殺風景な通りを走っていたためか、驚くほど地震に気づかなかった。

　ぐるりと周囲を見回したが、帆名の姿はない。しばらく広い店内をさまよい、ようやく見つけた。帆名は棚の下敷きになった女性を助ける手伝いをしていた。

「おい！」ぼくは即座に駆け寄る。

「なんだよ、勇帆も来たの？」帆名は顎の汗を拭った。

「帰りが遅いから迎えにきたんだよ。そしたら、この騒ぎ……」

「お父さんとお母さんは？」帆名は眉をひそめた。

「家」

　すると帆名は突然、黙り込んだ。ぐっと目を凝らし、ちらかった床を見つめている。それから、ぼそりとつぶやいた。「何か嫌な予感がするんだけど……」

「え」

「ダッシュで帰るぞ」

　ぼくらはホームセンターを飛び出した。

　これはあとで知ったことだが、ぼくらが急いで自転車を走らせているあいだ、自宅の中はかなり悲惨な状態にあった。まず、地震が起きたとき、書斎で煙草を吸っていた父の上に、大きな本棚が倒れてきた。下敷きになった父は気を失い、同時に持っていた煙草を床に落とした。煙草の火は布製のカーペットをじわりと焦がし、散らばった古書にも燃え移り、少しずつその範囲を広めていった。書斎の外にちょうど、雑誌や新聞紙の束が置かれていたのもまずかった。父は換気のために部屋の窓をかすかに開けていて、伸びた火の手がその隙間を縫って資源ゴミの類をなでたのだ。それが玄関脇に置かれた灯油タンクに引火するまで、さほど時間はかからなかった。

一方、母は地震発生直後、即座にリビングのテーブルの下に隠れ、「お父さん大丈夫ですか！返事して……」と叫んでいた。いっとき地震がおさまると、散乱した食器や物を避けるように母はリビングを出ようとした。するとドアの隙間から、五匹の蛇がするすると侵入してきた。母は仰天し、ふらっと気絶した。地震の恐怖と重なった、蛇への怖気。立てつづけに起こった強烈な不幸に、母の精神はいっとき停止したのだ。帆名の部屋の蛇たちは地震の揺れを利用して、ケージからの脱走に成功した。彼らは母を脅かすと早々に姿を消した。こうして小一時間ほど、わが家は完全な無防備の状態となり、やがて火の躍る地獄の屋敷と化したのだった。あらためて振り返るとかなり滑稽な話だけれど、事実である以上、それは悲劇というほかなかった。

ぼくと帆名が家に到着したとき、すでに周囲は野次馬、消防隊員、警察官などで固められていた。警察官は野次馬の整備に躍起になり、消防隊員はみなホースを持ち、四方から強い水を吹きかけていた。ぼくは愕然とし、どこか幻想の景色を眺めるようだった。窓やドアからごうごう火を吹く建物が、今日まで自分が暮らしていた家だとは思えなかった。父と母はすでに脱出していると思っていて、そのつもりで警察官の一人に声をかけた。

「あの、この家の者です。父と母は……」

「わかりません。誰かが保護していると思いますが。とにかく危ないので、もっと離れて」

わからない？　ぼくは表情を歪め、野次馬の中をぐるりと見回す。いない。

その瞬間、帆名が燃え盛るわが家に向かって駆け出した。みな虚をつかれたのだ。獣のように身を屈め、囲む警察官と消防隊員のあいだを猛然と走り抜けていった。周囲から怒鳴るような声が飛びかう。やめろ、何やってる！

大小の火の粉が舞う。玄関はすでに大きな炎の輪となっていて、帆名はその中へ、サーカスのライオンのように飛び込んでいった。優美な姿だった。


焼け落ちた家の中から焼死体が発見されたのは、火が完全に消えてから約四時間後のことだった。発火現場にいた父はいち早く火に包まれ、焼け死んだ。リビングで気を失っていた母は、火に襲われる前になんとか目覚めたが、取り巻く煙に視界を遮られ、逃げられずにいた。父の名を叫びながら廊下を奥に向かって走り、その途中、ごそりと抜け落ちてきた二階の床板に脚を挟まれ、母は身動きがとれなくなった。やがて家の中に飛び込んできた帆名が、煙をかきわけながら、床に伏せた状態の母を見つけた。必死に助けようとした。母はそれを激しく拒絶した。ばかっ、何してるの早く逃げなさい——。逡巡の時間はそれほど長くはなかった。帆名は自身の無力さを呪い、泣きながら踵を返した。大量の煙が体中の穴から入り込んでくる。咳が止まらない。頭が激しく痛み、意識も朦朧としてくる。出口は焼け落ちた溶岩のような瓦礫（がれき）ですでにふさがれていた。躊躇していると、背後から、帆名の髪の毛にか細い火の指がそっと触れてきた。

＊

大きな疑問が残った。

検視などの結果は後日、警察の人からくわしく聞かせてもらったので、死因やその状況にかんしてはそれなりに知ることができた。地震がきっかけとなって火事が起きたであろうことも、父が逃げ遅れた理由についても、遺体に覆いかぶさっていた大きな本棚と、頭部の外傷から容易に推測できたそうだ。しかし、母が逃げ遅れた理由にかんしては不明だった。父とちがい、地震の揺れが原因でどこかに頭などをぶつけた、という痕跡はない。抜け落ちてきた二階の床板に脚を挟まれてはいたが、普通であればそうなる前に逃げられたはず。火が燃え広がるまで充分に時間はあったのだ。二次的被害として起きた火事から逃げ遅れた理由がよくわからない。父を助けるのに没頭しすぎていて、背後を囲む火に気づかなかったのかもしれない。警察はそう話した。

しかし、ぼくは知っていた。母が蛇に驚いて気絶したことを。だから逃げ遅れてしまったことを。つまり、それが大きな疑問だった。ぼくはなぜ警察の検視でもわからない事実を知っているのだろうか？　さらに言うと、なぜ燃え盛る家に飛び込んだあとの帆名の様子を語れるのだろうか？　被害に遭い、死した者たちは地震発生から火事の最中にあった出来事にかんして、ひと言も発することなくこの世を去った。いま、あの悲劇の内側を明確に説明できる者は一人もいない。ぼくが母や帆名の様子を事細かに語ることは絶対に不可能なのだ。なのに、ぼくは知っている。

一体なぜ……。

あれから何年も経ったが、ときどき、この謎の奥でうごめく魔物にささやきかけられ、気が狂いそうになる。

何年——八年だ。ぼくは二十六歳になっていた。

エピローグ

「それが、女の子を助けた理由か？」

「はい」

「八年ほど前、きみの実家は火事に見舞われて全焼した。そのとき逃げ遅れた父親と母親、そして助けようと火事の中へ飛び込んだ双子の姉が、みな亡くなった。きみは現場にいたが何もできなかった。その無力感と後悔がいまもずっと残っていて、だから、昨年の十二月二十五日、深間さんの御宅の火災に偶然遭遇したとき、即座に車から降りて火事の中へ飛び込んだ。二階に取り残されている恵ちゃんを見て、自分の家族と重なったから――。簡潔にいうと、こういうことかい？」

向かいに座る刑事の問いに、ぼくはうなずいた。

取調室の雰囲気は思っていたほど堅苦しくなく、高校時代、教師に説教されるときに決まって呼び出された資料室に少し似ていた。とはいえ、ここに資料の類はまったくなく、何人かの警察の面々がそれぞれの役割のもと、ぼくを取り囲んでいるだけだった。

刑事はもう四十過ぎだというが、童顔のため、見た目はかなり若い。不精髭やもみあげにはぽつぽつと白髪がまじっているが、それも彼の幼い印象を崩すほどではない。

「それじゃ、次の質問だが」刑事はかすかに身を乗り出した。「なぜ、助けた恵ちゃんをそのまま連れ去ったんだ？」

ぼくは沈痛な面持ちで目を伏せた。クリスマスの夜、ひとつの事件を起こしたのだ。その夜、たいした予定もなく、ぶらぶらと市内をドライブしていたぼくは、偶然、ある一軒家の火災に遭遇した。家の内側でめらめらと燃える炎。外に向かって大量に吐き出される黒い煙。ぼくは思わず車を停めた。異様な光景がぱらぱらと落ちる雪の中で浮かびあがり、周囲は不穏なざわめきや小さな悲鳴に包まれていた。家の二階に少女が一人、取り残されていることに、すぐに気づいた。少女は窓を開け、顔を突き出し、泣き叫んでいた。

次の瞬間、ぼくは燃える家の中へ飛び込んでいた。

記憶はほとんどない。あの隙間なく充満した煙の中、一体どんなふうに少女を助けたのか、まるで覚えていない。とにかく、気づくとぼくは少女を抱きかかえたまま、無事に家の外に出ていた。

しかしその後、ぼくのとった行動は常軌を逸していた。少女を母親に返さず、そのまま車で連れ去ったのだ。当然、すぐにパトカーに追われる身となり、バイパスを百キロ以上のスピードで暴走したあげく、歩道脇に突っ込んで車をひっくり返した。車の中から這い出たぼくの背中には、割れた窓ガラスの破片が突き刺さっていた。病院に運ばれ、手術中に何度か死の沼に片足を突っ込んだが、なんとか生還した。警察はぼくの回復をしばらく待って、取り調べのできる状態だと主治医が判断したところで、逮捕に踏み切った。

「助けた女の子が、死んだ双子の姉に似ていたんです」ぼくはこたえた。「ふいに、この子はあいつの生まれ変わりだと思いました。この子に、あいつの生きられなかった人生をかわりに生きてほしいと思いました。でも、このまま母親に返してしまったら、そのチャンスは永遠に失われてしまうと思いました。だから……」

「とっさに連れ去った、と」刑事はひたいにしわを寄せた。「まったくもって異常な行動だし、そもそも、異常な考え方だと思わないか。似ていたから生まれ変わり？　人生をかわりに生きてほしい？　そして猛スピードで暴走したあげく公道で車をひっくり返した、まだ十歳の女の子を同乗させたままだ。俺にはきみが、この期に及んでもふざけているようにしか思えないんだが」

「いまは自分もそう思います。でも、あのときは……」

他人には理解できない、自分だけの衝動というものがある――。そう言おうとして、やはり呑み込んだ。ぼくに自己弁護をする資格などみじんもない。

ただ、あれほどうとましく思っていた双子の姉だが、失ってはじめて知る痛みは絶大だった。まるで半身をごっそりと削ぎ落とされたような喪失感に襲われた。いまいましいと思いながら、相反する感情を胸の奥でずっと抱いていたのだ。帆名が死んだとき、自分がどれだけその存在を拠り所にし、信じていたか、狂おしいほどに思い知った。

刑事は思案顔でため息をついた。

「深間恵ちゃんを連れ去った動機だが、どうしても納得できないな。それじゃ弱すぎる。本当に、ほかに理由はないんだね？」

「ありません」

ぼくが言うと、刑事はふいに鋭い眼光を向けた。

「やはり、きみは嘘をついているね」

「え」

「嘘か、あるいは、そう思い込んでいるか」

「どういうことですか?」

「取り調べを一時中断しよう」刑事はそう言うと、さっと立ちあがった。「じつは面会者が来ている」


鉄格子にはめられたアクリル板を前にして、ぼくは椅子に腰掛けた。留置場へとつづくドアは閉められ、こちら側の部屋には監視役の警察官が一人、残った。向かいの面会者側の部屋には女性が一人、座って待っていた。

ぼくは彼女を見て、ハッと息をとめた。目が回るほどの衝撃を受けた。

「やあ勇帆」と、彼女は言った。「八年ぶりだね」

帆名だった。

少し髪が伸びただろうか、うっすらと色も加えてある。それ以外は、ほとんど変わっていない。あいかわらず不敵に目を光らせ、涼しげな表情で、意地悪そうに口許を歪めている。

ぼくは弱々しくかぶりを振った。

ありえない。帆名は八年前の火事の夜、死んだはずだった。

「大きな事件を起こしたね。あんたらしくもなく」帆名は言った。「そのおかげで、といったら不謹慎だけど、だからこうして再会できた」

　ずきん、と頭が痛んだ。ぼくは目を丸くして、帆名を見やる。

「なに呆けた顔で黙ってんの。あたしにいろいろ聞きたいことがあるんじゃないの」

「なんで生きてるんだよっ」ぼくは顎を震わせ、なかば叫ぶように言った。「しかも、あんまり変わってないし。気持ちワル……」

「よく見ろ。眼鏡かけてる。あと髪を結ぶのもやめた」

　そんなことはどうでもいい。ぼくはもう一度かぶりを振って、

「あの火事の夜、おまえは」

「そう。あたしは八年前、燃える家の中へ飛び込んでいった。お父さんとお母さんを助けるために。さんざん迷惑をかけてきたから、このまま死なれちゃ後味が悪すぎる、と思って」

「どうして……」

「覚えてない？　あたしのあとに、あんたも家に飛び込んできたんだよ」

「おれも？」

　帆名は軽くうなずいた。「あの灼熱地獄のなか、あたしたちは二人でお母さんを助けようとした。お父さんはもう無理だったから、せめてお母さんだけでも、って」

　ぼくはため息のような声をもらした。なぜか頭の中にノイズが走り、真っ暗な記憶に突然、明かりが射したようだった。

　ふいに、いままで忘れていたのが嘘のように、そのときの場面が鮮明によみがえってくる。そうだった、最初は周囲の制止に従ったぼくだが、すぐさま家族を助けねばという衝動にかられ、

まわりの手を振り払うと、やはり帆名の背中を追って火事の中へと飛び込んだのだ。火の魔物はぼくを飲み込んだあとすぐに口を閉じるかのように、焼け落ちる瓦礫で出入口をふさいだ。廊下で煙をかきわけている帆名と合流すると、二人でさらに奥へと進み、横たわる母を発見した。母は抜け落ちてきた二階の床板に脚を挟まれ、動けずにいた。ぐったりとして、意識も希薄に見えた。ぼくは気付けのために母を怒鳴りつけた。どうしてさっさと逃げなかったんだよ！　母はぼくらが助けにきたことに驚きつつ、途切れがちに事の経緯を説明した。父がもう手遅れであること、母自身は蛇に驚かされて気絶してしまったこと。帆名は苦渋に顔を歪めたまま、即座に母を助けようとした。ぼくもそれに加わった。ぼくらは必死だった。壁は燃えつづけ、煙はさらに量を増した。そして、うつろだった母の目が突然、カッと見開いた。

――ばかっ、何してるの。

――いいから早く逃げなさい。

最終的に、ぼくらは母を見捨て、踵を返した。想像を絶するほどの痛みが胸に迫った。帆名もぼくと同じか、それ以上だっただろう。なぜいままで忘れていたのか……。

「だけど助けられなかった」ぼくは目を伏せた。

「うん。結局お父さんもお母さんも死んだ。あたしたちは無力だったね」

「おれは」

「あんたはそのあと、急いで病院に担ぎ込まれたんだよ。大量の煙を吸い込んで、一酸化炭素中毒におちいってた。命はとりとめたけど、代償も払った。えっと、たしか低酸素脳症っていうやつの影響で脳にダメージを負ったの」

「脳に……」

「そのせいで、あんたは一種の記憶喪失におちいったの。生まれてから火事当時の十八歳までの記憶をほぼなくしてしまったわけ。自分の名前や、火事で家族を失ったこととか、部分的に覚えていることもあったけど、自分の存在を証明するための大事な記憶は、まったく思い出すことができなくなった」

自分の存在を証明するための、記憶……。

そうだ。家族が火事で死んだことは覚えている。ただ、それまでの経緯や背景、そして彼らとの関係性については、たしかに長いあいだ黒塗りされたように思い出すことができなかった。幼い日のことも、学生時代の出来事も、ずっと喪失していた。それらの記憶を思い起こそうとすると、いつも頭に鈍い痛みが走った。

「……だけど、いまは覚えてる」ぼくは言った。

覚えてる。だからこそ先ほどの刑事の問いに対し、自分なりの動機を説明することができたのだ。

「覚えて……いや、思い出したんだ。たしか、あのクリスマスの夜のときに」

小学生、中学生、高校生――。それらの記憶がいま、空白を埋めるようにしっかりと頭の中に納まっていた。なぜ長いあいだ思い出すことのできなかった記憶が、いまになってよみがえってきたのか。なぜ、あのクリスマスの夜に……。

「そうだね」帆名は小さくうなずいた。「でも、まだ完璧じゃない。あいまいな部分が結構あるね。まあ最後には全部思い出すだろうから、もう少しあたしの話を聞いてよ」

ぼくは顎を引くと、黙って帆名の言葉に耳を傾けた。

「記憶喪失になってからの八年間は、あんたにとって辛いものだった。心の羅針盤が壊れたみたいに、どう生きていけばいいのか、わからなくなったの。自分は何者だったのか、何を夢見て、何を目指して生きていたのか、それを見失ってしまったから」

「そうだった……かな」

「荒れた時期もあったんだよ。酒に溺れたり、暴れて警察の世話になったり。だから、こんな感じの面会室も、あんたにとってはあんまりめずらしくないかもしれない」

帆名はあたりをぐるりと見回しながら、少しからかうようにそう言った。

たしかに、ぼくは生まれてから十八歳までの記憶を失い、さらに自分が記憶喪失だという事実さえも時々忘れ、まるで煙のように漠然たる自分を引きずったまま、この八年間を過ごしてきたような気がする。

しかしながら、なぜ帆名はこれほど的確にぼくのことを説明できるのだろうか。

「つまり、それが理由」と、帆名は言った。

「何が?」

「クリスマスの夜、あんたが女の子を連れ去った理由だよ」帆名はようやく本題だ、と言わんばかりに声を弾ませた。「八年前の後悔があったから、今回また火事の中へ飛び込んで女の子を助けた。それは本当。でも連れ去った理由――死んだ姉のかわりにどうとかっていうのは嘘、というか思い込み。実際は、女の子が煙を吸い込んで、一酸化炭素中毒におちいっている可能性があったから」

「一酸化……」

ぼくは、あの瞬間の少女の様子を思い返す。出ない声、焦点の合わない目線、絶え間ない咳、頭を押さえながらすすり泣いている姿……。

よく覚えていない。本当に無意識の衝動だったのだ。

「安心していい」と、帆名は言った。「あんたはべつに、あの女の子を傷つけようとしたわけじゃない。ただ自分と重ねただけ。脳に取り返しのつかないダメージが残ったらどうする、大事な思い出を忘れたらどうする、救急車なんて待っていられない、おれが病院に連れていく、って――大丈夫。急いで病院へ連れていくから。またすぐに元気になれるから。

「それであの暴走か」ぼくはそう吐き捨ててから、膝の上で拳を強く握った。「結果的に傷つけた。それがすべてだよ」

帆名は何も言わず、かすかに顎にしわをつくった。

「いや待て」ぼくはとっさに甲高い声をあげた。「なんでおまえは、おれの無意識の衝動に対して明確に答えられるんだ？　そもそも、まだ最初の疑問にも答えてない。おまえはどうして生きてるんだよ。あの火事の夜、たしかに死んだはずだろ。それとも、これも記憶喪失のせいなのか？　おまえは最初から生きていて、それで……」

「その疑問は正しくないね」帆名は言った。「なぜまた会えたのか、と問うべき」

ぼくは黙り込み、帆名の目を静かに見つめた。

海のように深い瞳の奥から、真実が訴えかけられる。全身に強い電流が駆け巡ったかのようだった。ぼくは自分の存在をたしかめるように、あわてて自身の腕や首を触った。

そうか――。

瞬間、大きなつかえが外れ、すべてが腑に落ちた気がした。

ぼくは震える口許をおさえ、ああ、と消え入りそうな声をもらした。

「おれは死んだんだな」と、ぼくは言った。「そうなんだな?」

帆名は黙ってこちらを見つめ返した。

「おまえは、おれを迎えに来た……」

彼女は目を細めるだけで、何もこたえなかった。

思い出した。あの火事の夜、帆名がどんなふうに死んだのか。

ぼくらは母を助けられず、踵を返し、廊下を引き返していった。だけど出入口は焼け落ちた瓦礫で完全にふさがれていて、もはや逃げ道はなかった。帆名の髪の毛に火の粉が降りかかり、じわりと焦がした。ぼくはあわててそれを払いのけながら、なさけなくも泣き出した。火や煙はぼくらの生命をすさまじいスピードでこの世から締め出しにかかった。熱い、咳が出る、頭が痛い……。ぼくは死を覚悟した。すると帆名がさっと首を回し、こちらを振り向いた。小さく笑った。

――よし。まずはあたしが先陣を切るから、あとにつづけよ。

それはかつて、ぼくの些細な恐れを取り払ってくれたときと同じ言葉だった。

帆名は燃える瓦礫の山に向かって、力強く体当たりした。何度も。やがて瓦礫はがらがらと崩れ、帆名の頭の上に降り注いだ。彼女はそのまま、瓦礫の下敷きになった。瞬間、ぼくはわずかにできた隙間に飛び込んで、外へ逃れた。

これが、あの夜、ぼくだけがなんとか助かった理由だった。

「思い出したよ。何もかも」

あれから八年。結局はぼくも死んでしまった。いま、ぼくの中の無意識が帆名の姿をかりて、それを伝えているのだ。

つまり、これは死に際のフラッシュバックなのだろう。ずっと思い出せずにいた、自分の存在を証明するための、大事な記憶。その過去にまつわる多くの出来事が双子の姉である帆名に彩られているのは、彼女がぼくにとっての道しるべだったからにほかならない。

同じ日に生まれ、同じ文字を名前の中に持つ、たった一人の、ぼくの分身だ。

「ごめんな」ぼくは息を震わせ、言った。「おれは、おまえの死を無駄にした」

いったん自分の死を認めると、その瞬間の場面が雪崩のように頭の中に広がった。と同時に、せき止められていた切なさが胸に溢れた。

「あたしはべつに後悔してないよ」

帆名は微笑んだ。それから眼鏡を外し、両手をすべて使って髪の毛をひとつにまとめると、後頭部のあたりできつく結んだ。かたちのいいひたいに、白い頬。その表情は小学生のころのように、幼く見えた。

「だけど」

ぼくは弱々しくかぶりを振った。

「もういいって」帆名は言った。「それにしても、今回はずいぶん無茶したね。むかし一度死にかけたのに、また火事の中に飛び込むなんて」

「おまえなら、そうすると思ったから」ぼくは苦笑した。「ずっと憧れてた、おれもあんなふうになれたらって。つねにじゃない、一瞬でいいんだ、本当に大事な場面で、自分の命よりも信念を優先できたらって」

帆名は肩をすくめた。「あたしはむしろ、あんたが羨ましかったよ。あたしはあんな感じだったから、あんたのまっとうさが、いつもまぶしかった」

しばし間を置いてから、ぼくは尋ねた。

「これからどこへ?」

「どこにも。あたしはただ伝えに来ただけだから」

帆名はそう言うと立ちあがり、くるりと背を向けた。ぼくはしばし呆然としていたが、やがて腹の底に力を入れると、そっと椅子から立ちあがって帆名を呼びとめた。面会室を二つに分ける壁はもう、消え去っていた。

帆名は肩越しに振り向くとかすかに口を動かした。

「あとは、あんたが自分で選べばいい。いつもそうしてきたように」

まるで雪に触れたかのように胸がひやりとした。だけどそれは、不思議と温かな刺激だった。

*

小粒の雪は舞いつづける。

今しがた、ひっくり返った車の中から這い出てきた男は、何かをつぶやいたきり、動かなくなった。横たわった男の首の脈に触れ、若い警察官はかぶりを振った。男の背中に突き刺さった大きなガラスの破片は一瞬、街の明かりが注いで白く閃いた。なんだか船の帆みたいだな、と若い警察官はぼんやり考えた。

ほかの警察官は、同乗していた十歳の少女の救助に当たっている。彼女はいま、助手席の足元のスペースにもぐりこんでいて、シートが緩衝材の役目を果たしたのか、どうやら無事らしい。ひっくり返った車の中から、かすかな声が聞きとれる。

「ちょっと待っててな。まずはこの窓のギザギザをなくすから。そしたら、そっと手を伸ばしてごらん。あとはこっちで引っ張るから。できるかい？　ようし、いい子だ」

数人の警察官が、中の少女に声をかけながら、同時に警棒を使って、割れ残った邪魔な窓ガラスを丁寧に砕いていった。

——多少の怪我はあるだろうが、とにかく無事でよかった。さいわい、病院も目と鼻の先にある。

車の中から、細く小さな手が伸びてきて、それを一人の警察官がしっかりとつかむ。少女の体をゆっくりと引っ張り出し、そっと抱きかかえた。ほかの警察官がすぐさま上着などを少女の背中にかける。

救出された少女は体を丸めたまま、一点を見つめていた。

その場の誰もが自然と少女の視線を追う。

ひざまずいた若い警察官と、息絶えて伏せる男がいる。

いや——。

男の肩甲骨のあたりがわずかに動いている。小刻みに震える呼吸の音もかすかに聞こえる。ひざまずいた警察官は大きく舌打ちし、かじかんだ両手を素早く擦ると、ふたたび男の首の脈に触れた。

「まだ生きてます。救急車が来るまで雪から守りましょう。パトカーから防水シートを出してください。それと、止血ガーゼを」

男は片目をほんの少しだけ開けた。いたずらのように白く染まりつつあるクリスマスの夜の中、彼は何かを求めるように、たどたどしくその手を伸ばした。

本書は書き下ろし作品です。

生馬直樹（いくま・なおき）

1983年12月、新潟県生まれ。
2016年『夏をなくした少年たち』で第3回新潮ミステリー大賞を受賞。
そのほかの著書に『偽りのラストパス』。

装丁　岩瀬聡
写真　岩倉しおり

雪と心臓

二〇二〇年四月一〇日　第一刷発行

著者　生馬直樹
発行者　徳永真
発行所　株式会社 集英社
〒一〇一-八〇五〇　東京都千代田区一ッ橋二-五-一〇
電話　〇三-三二三〇-六一〇〇（編集部）
〇三-三二三〇-六〇八〇（読者係）
〇三-三二三〇-六三九三（販売部）書店専用
印刷所　大日本印刷株式会社
製本所　株式会社ブックアート

ISBN978-4-08-775450-6 C0093
定価はカバーに表示してあります。

集英社の文芸単行本

伊岡瞬『不審者』

会社員の夫、五歳の息子、義母と都内に暮らす里佳子は、主婦業のかたわら、フリーの校閲者として自宅で仕事をこなす日々を送っていた。ある日、夫がサプライズで一人の客を家に招く。その人物は、二十年以上行方知れずだった、夫の兄だという。息子本人だと信用しない義母の態度もあり、里佳子は不信感を募らせる。

安壇美緒『金木犀とメテオラ』

北海道に新設されたばかりの女子校・築山学園。進学校として全国から一期生を募り、宮田佳乃は東京からトップの成績で入学した。同じクラスにいたのは、地元生まれの成績優秀者・奥沢叶。パッと目を引く美少女で、優等生。宮田はその笑顔の裏に隠された強烈なプライドを、初対面のときからかぎ取っていた――。